远野物语·remix

附 远野物语

京极夏彦
柳田国男

王华懋——译

四川文艺出版社

目次

远野物语 remix

京极夏彦

柳田国男

門馬村
早池峰山
タイマグラ
薬師岳
内川目村
陸中
小国村
小国川
早池峰神社
矢水峠
附馬牛村
猿ヶ石川
外川目村
恩徳
小鳥瀬川
琴畑
琴畑川
中斎
宿
西内
東禅寺
石羽根
鍋割
達曾部村
大萩
晴山
妻ノ神
渋川
土淵村
山崎
久手
宮守村
石上山
矢崎
大楢
下栃内
栃内
界木峠
和野
塚沢
駒木
松崎村
厚楽
大洞
綾織村
野崎
火石
田尻
山口
柏崎
水内
似田貝
足洗川
土淵本宿
丸古立
小峠
金沢
山口
飯豊
笛吹峠
続石
砂子沢
宮ノ目
大久保
飛鳥田
鱒沢村
二日町
善応寺
糠前
遠野町
六角牛山
岩手軽鉄
早瀬川
青笹村
瀬内
中沢
猿ヶ石
小友峠
羽場
馬木内
物見山
板沢
猫川
佐比内
太子田
来内
切掛
上郷村
細越
夫婦岩
小友村
N
荒谷
陸前
0
5km

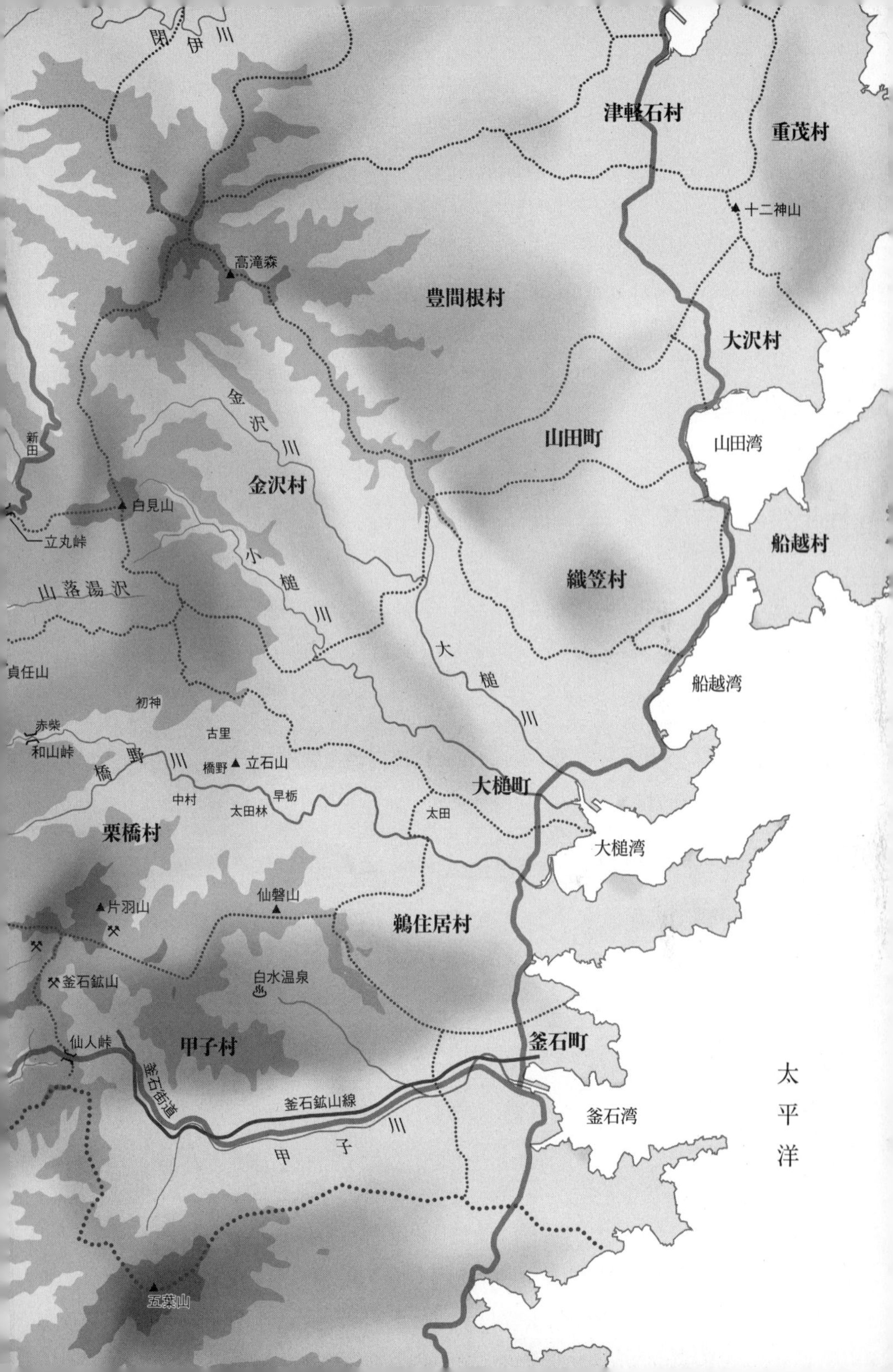

閉伊川
津軽石村
重茂村
十二神山
高滝森
豊間根村
大沢村
金沢川
山田町
山田湾
新田
金沢村
白見山
立丸峠
船越村
小槌川
織笠村
山落湯沢
大槌川
貞任山
船越湾
初神
赤柴
古里
和山峠
橋野川
橋野
立石山
大槌町
中村
早栃
太田林
太田
栗橋村
大槌湾
仙磐山
片羽山
鵜住居村
釜石鉱山
白水温泉
仙人峠
甲子村
釜石町
釜石街道
釜石鉱山線
釜石湾
太平洋
甲子川
五葉山

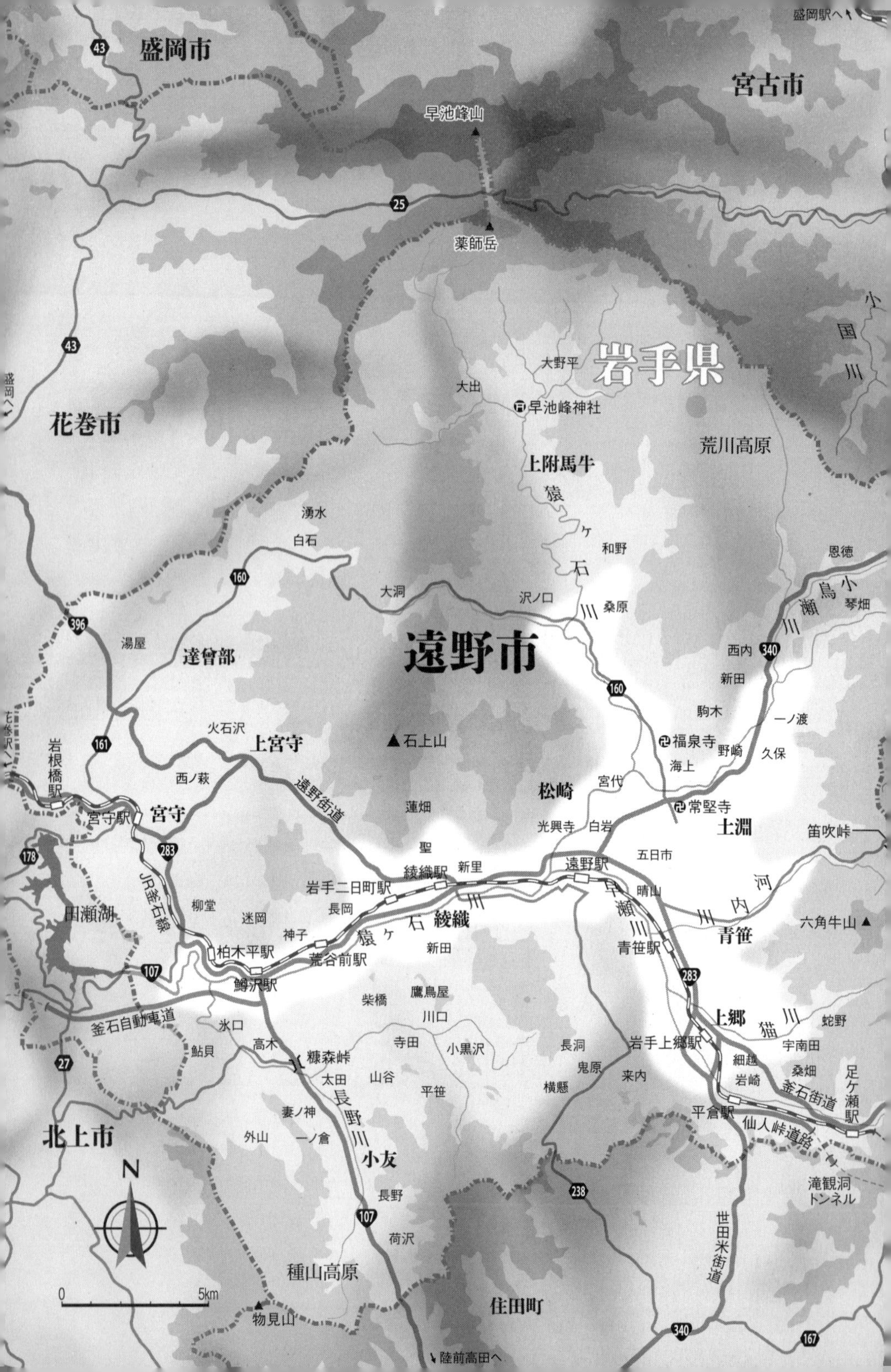
盛岡駅へ
盛岡市
宮古市
早池峰山
薬師岳
小国川
岩手県
大野平
大出
早池峰神社
花巻市
荒川高原
上附馬牛
猿ヶ石川
湧水
白石
和野
恩徳
大洞
沢ノ口
桑原
小烏瀬川
琴畑
遠野市
湯屋
達曾部
西内
新田
駒木
一ノ渡
火石沢
上宮守
石上山
福泉寺
野崎
久保
岩根橋駅
西ノ萩
海上
宮代
松崎
遠野街道
蓮畑
宮守駅
宮守
常堅寺
光興寺
白岩
土淵
笛吹峠
聖
五日市
遠野駅
新里
綾織駅
岩手二日町駅
晴山
早瀬川
河内川
JR釜石線
柳堂
迷岡
長岡
田瀬湖
猿ヶ石
綾織
六角牛山
神子
青笹
柏木平駅
新田
荒谷前駅
青笹駅
鱒沢駅
柴橋
鷹鳥屋
上郷
猫川
蛇野
釜石自動車道
氷口
川口
岩手上郷駅
宇南田
鮎貝
高木
糠森峠
寺田
小黒沢
長洞
細越
桑畑
足ヶ瀬駅
太田
山谷
鬼原
来内
岩崎
長野川
妻ノ神
平笹
横懸
平倉駅
釜石街道
北上市
外山
一ノ倉
仙人峠道路
小友
滝観洞トンネル
N
長野
世田米街道
荷沢
種山高原
0
5km
住田町
物見山
陸前高田へ
盛岡へ
43
25
160
396
161
178
283
107
27
238
340
167

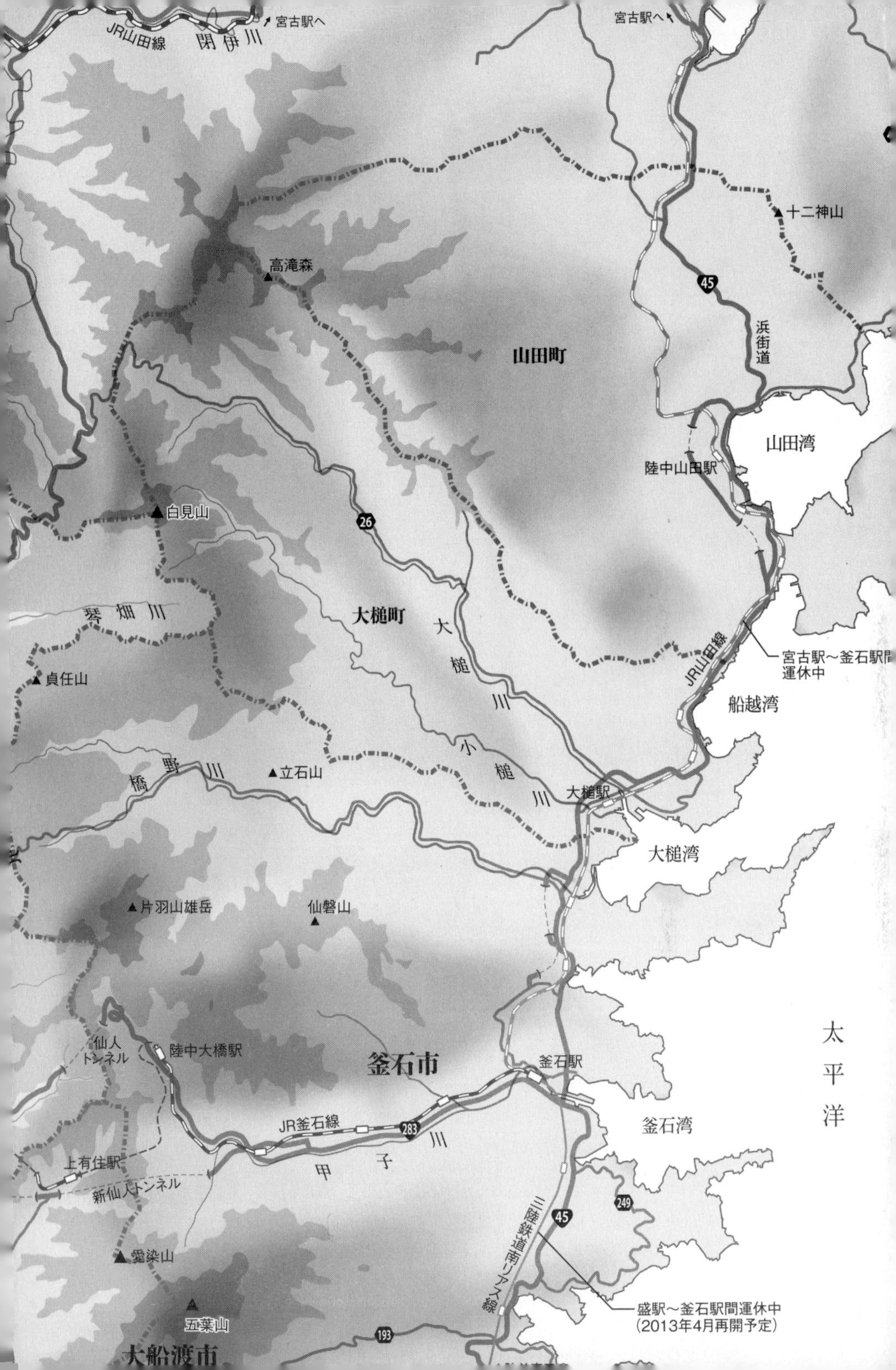
JR山田線
閉伊川
宮古駅へ
宮古駅へ
十二神山
高滝森
45
浜街道
山田町
山田湾
陸中山田駅
白見山
26
琴畑川
大槌町
大槌川
JR山田線
宮古駅～釜石駅間
運休中
貞任山
船越湾
小槌川
橋野川
立石山
大槌駅
大槌湾
片羽山雄岳
仙磐山
太平洋
仙人トンネル
陸中大橋駅
釜石市
釜石駅
JR釜石線
283
甲子川
釜石湾
上有住駅
新仙人トンネル
249
三陸鉄道南リアス線
45
愛染山
五葉山
盛駅～釜石駅間運休中
(2013年4月再開予定)
193
大船渡市

远野物语 remix opening

remix 序

本书故事，全部来自成城人柳田国男先生所著之《远野物语》。这部名著完成于明治四十三年，百年以来，不断地为人所诵读。柳田先生虽非文学家，却是位以懿文闻名的硕学之士。为了避免损及其端丽的文字所唤起之感动，我亦不任意删减字句，有时补充，有时意译，并更动顺序，虽文笔拙劣，但仍努力传达出所感。这部传述远野乡的故事，即便历经百年岁月，仍无半点褪色。正因为处在这个时代，我期盼有更多的人读到它。愿广述其事，令平地人战栗。

京 极 夏 彦

- 本文构成，已将柳田国男对原典的部分注释融入其中。
- 文首的编号，为原典中的编号（刊载顺序）。
- 相当于原典《序》的文章分开刊登，故各别编码。
- 地名的用字和读音有些异于实际，以原典为准。

远野物语 remix A part

序（一）

以下内容，全是远野人佐佐木镜石告诉我的。

从去年——

明治四十二年二月左右开始，我（柳田）便陆续听他述说。

他在夜晚时分来访，讷讷讲述。

我决定将他说的内容逐一记录下来。

佐佐木虽不擅言辞，但为人赤诚，每一则故事，都极为翔实地告诉我。

为了重现那诚朴的语气，记录时我也细心斟酌每字每句，尽可能不妄加解释，或任意判断多余之处而省略。因为我想将听到他的故事时的自身所感，原原本本地传达给更多的人。

一

他的故乡叫远野。

遥远的荒野，远野。

不清楚是距离哪里遥远，又有多远。

不，远野一词原本是阿伊努话（*译注：阿伊努人，居住于日本北海道、桦太、千岛列岛及堪察加半岛等地的原住民。古时大和民族称其为虾夷。亦有学者认为古时东北等地方人民、人种为阿伊努人，而文化上为大和民族*）。据说远野（tono）的 to 是湖泊之意，因此毋庸置疑，远野应是借汉字表音而已。

但我认为“tono”这个读音即使只有音韵，也勾起了听者心中的一种乡愁。近在眼前却寻访不得、看得见却够不着，是这样的虚渺。即便如此，仍激发出想要前往一访、想要冀求的冲动，是这样的爱恋。记得一清二楚，却总有些模糊，仿佛儿时的记忆。我觉得这个地名，就带着这样的怀念。

但远野乡并非漂浮在记忆海上的幻影。

他的故乡就在陆中（*译注：日本旧时行政地区。在一八六八年从陆奥划分出来，相当于现今岩手县的大部分及秋田县的一部分*）。此地在古时称为远野保。

人们现在也居住在那里，安身立命。

町村制实施以后，远野保被命名为上闭伊郡。它的西半边，有段时期被称为西闭伊郡的地区，正是他的故乡——远野乡。

据说那里是一块被险峻的高山重重围绕的平地，即所谓的盆地。

远野乡由十个村子——土渊、附马牛、松崎、青笹、上乡、小友、绫织、鳟泽、宫守、达曾部，还有远野町所构成。

郡公所所在的远野町，是山村中的驿站，名副其实，为远野乡一带的中心，热闹繁荣。

位于城镇南方的锅仓山，古时有一座山城。

它名叫锅仓城，也叫远野城、横田城。

这座城是中世时期极尽隆盛的豪族——阿曾沼氏的居城。

据说阿曾沼氏因为征伐奥州（译注：陆奥国的别名，包括陆前、陆中、陆奥、磐城、岩代，相当于现今的东北地方，青森、岩手、宫城、福岛县全域，以及部分秋田县）有功，获镰仓幕府赏赐远野保一地，首先在松崎村附近建立起根据地。这座最早的城就叫作横田城。后来阿曾沼氏以锅仓山的丘陵为城域，利用其丰富的水系作为天然护城河，筑起锅仓城。

它的别名横田城，似乎就是来自于最早的城名。

但远野阿曾沼氏的荣华并不长久。天正（译注：安土桃山时代的年号，一五七三——一五九二）年间，阿曾沼氏归顺南部氏，又为了争夺城池，一族内讧，到了庆长（译注：江户时代的年号，一五九六——一六一五）年间，血脉也断绝了。

结果远野乡改由阿曾沼氏的主家南部氏统治，城池也落入南部家管辖，宽永（译注：江户时代的年号，一六二四——一六四四）时期，南部直义从八户迁入此城。自此之后，锅仓的城池于名于实都成了远野南部家的堡垒，远野乡也成为远野南部家一万二千五百石（*译注：石为米粮收获计量单位，一石约为一百零八升*）的城下町（*译注：以封建领主的城池为中心发展开来的城镇*）。

现在似乎只剩下城迹，不过南部家对远野乡的统治一直持续到明治维新。

远野并非单纯的荒僻山村。

它是个城下町。

换言之——

远野在进入明治以前，都是仙台藩与南部藩交界处的行政都市，也是商业都市。这也意味着远野是奥州的商业交易要冲。

当然，它并非难以往来的险地。

远野距离东京确实不算近，也不易前往，但绝非鸟不生蛋的穷乡僻壤，只是无法直接搭火车前往而已。

搭火车可以坐到岩手。

在花卷车站下车，然后从北上川坐船。

北上川有条支流叫猿石川，沿着这条支流往东前进。

溯河朝山的方向行约十三里（*译注：一里为三点六—四点二千米*），就能看到远野的城镇。

行程不算轻松，但会觉得困难重重，应该是现代人的感觉。

在过去，是连火车都没有的。

不过，猿石川沿岸布满了丰饶的自然景观。循着这样的路线，不断地往山林深入，旅人应该都会认为终点处必定是深山幽谷。

然而并非如此。

初次造访的人，应该都会大为惊异。

因为远野町极尽繁华，一点都不像地处深山。

尽管如此，周围却又是险阻重重的高山。或许可以说，那景象有点像是山中异界。

是偏远的山村，也是繁荣的城下町。

远野这处地方，可说风土极为特异。

传说中，远野乡一带在远古是一座湖泊。

整座盆地盈满了湖水。

而累积在盆地的水，某个时候因为某些理由流出了村落。

水位下降，接着露出湖底，不知不觉间，有人开始定居此处，自然形成了聚落。

流出来的水在大地汇聚成线，成为猿石川。因此远野周围的山涧，大部分都汇流到猿石川里。

俗话说远野有“七内八崎”。确实，从栃内开始，有七个带“内”字的地名，还有柏崎等八个带“崎”字的地名。奥州一带的地名也常见“内”字，其实内指的便是湖泽、山谷。而“崎”则是伸出湖泊的半岛。

换句话说，这些名称，是远野乡在湖泊时期的遗绪，也是人居之前的土地记忆，以地名的形式保留了下来。

远野就是这样一个地方。

二十四

远野的各个村落，有许多世家望族。

人们称其为“大同”，是所谓的家号。

至于为何这么称呼，据说是因为这些人家是在大同元年（*译注：平安时代的年号，八〇六—八一〇*）从甲斐国（*译注：日本旧行政区，为现今山梨县全域。也称甲州*）迁移而来的。

但是说到大同年间，那是极久远的古时，是坂上田村麿（*译注：坂上田村麿〔七五八—八一一〕，也写作坂上田村麻吕，平安时代的武官。曾任征夷大将军，三度远征东北*）征伐虾夷（*译注：日本古代称北关东至东北、北海道地区，反抗朝廷支配的居民为虾夷。包括原住民阿伊努人*）的时代。

另外，甲斐国是远野的领主南部家的本国。即使有人从那里迁居过来，也是很自然的事。也许是田村将军的东征，与南部家统治这两个传说不知不觉间融合在一起了。

此外，东北地方把“一族”称为“洞”。也许“大同”其实是“大洞”之意。总而言之，从遥远的古时就有如此称呼的习惯了。

二十五

大同的祖先是何时迁到远野这里的，已不可考。不过据传他们初次踏上此地时，正值岁末时期。

他们卸下行囊的时候，年关也迫在眉睫了。

无法好整以暇地准备过年。为了迎春庆贺，他们想起码张罗一下过年摆饰，但还在立门松（*译注：日本习惯，在新年期间，会在家门两侧摆上松制或竹制的饰品。据信神灵会寄宿在树梢，有迎神之意在里面*）的时候，元旦已经到了。

只来得及立好一边的门松。

因此这些人家将其视为吉祥的古例，现在也只摆放一边的门松。而另一个门松则伏倒在地，直接就这样系上注连绳（*译注：神道教中，用来区隔神域与外界的绳索。过年期间，一般人家的门口也会系上注连绳*）。

六十五

早池峰山出产花岗岩。

这座山面对小国村的一侧，有一块岩石叫“安倍城”。

安倍城这个名称来自于安倍贞任（*译注：安倍贞任〔一〇一九—一〇六二〕，平安时代后期的陆奥豪族，安倍家栋梁，与源氏争战，战死于厨川栅。为军记故事、歌舞伎中的要角*），他是平安时期的武将，于前九年之役（*译注：一〇五一—一〇六二年，平安时期发生在东北地方的一连串战役。此战之后，安倍氏灭亡，清原氏称霸东北*）战死在厨川栅。不过，那里看起来不像有过城池。

那是一块位于陡峭悬崖中间处的大岩石，人实在不可能爬得上去。

但这块岩石并非普通的大石头，而是一座山洞，传说安倍贞任的母亲现在依然住在里面。

据传，小雨淅沥的傍晚等时刻，会传来洞窟门锁上的声响。

小国村和附马牛村的人听到这声音，就会说：

“是安倍城锁上的声音。”

然后这声音响起的隔天，就会下雨。

六十六

早池峰在附马牛村的登山口，也有一处叫安倍大宅的山洞。

这一处仅留其名，没有实物，但既然叫作大宅，过去应该住着与安倍贞任有关的人。

总之，早池峰山与安倍贞任渊源极深。

小国村处的登山口有三处坟冢，据说埋葬着与安倍贞任抗战阵亡的八幡太郎义家（*译注：即源义家〔一〇三九——一〇六〕，八幡太郎为号。平安后期的武将，奠定了源氏在东国的势力基础。为创立镰仓幕府的源赖朝、创立室町幕府的足利尊氏之祖，故被后世视为英雄*）的家臣。

六十七

早池峰以外的地方，也有不少关于安倍贞任的传说。

从土渊村与栗桥村的境界——从前称为桥野村一带的登山口往上攀登两三里路的山中，有一片平坦辽阔的高原。

这一带也保留了贞任这个地名。

传说安倍贞任曾经让马匹在那里的池沼消暑，或是贞任曾在那里扎营。让马匹消暑，指的是让奔跑后发热的马匹浸泡四肢休息。

贞任高原视野极佳，可以瞭望陆中（*译注：陆中，日本旧国名，为现今岩*

手县的大部分，及秋田县的一部分）的海岸，甚至是水平线。晴天的日子，从这里眺望东海岸风光，实为绝景。

六十八

土渊村有些人家自称安倍氏。这些人家据传是安倍贞任的末裔，在以前非常兴旺，现在仍是村中数一数二的富豪，并拥有许多马具、刀剑，屋舍亦十分宏伟，四周环绕着盈满了水的壕沟。现任当家是安倍与右卫门，担任村会议员。

除了远野之外，还有许多据说是安倍贞任子孙的人家。

像是盛冈的安倍馆附近，也是安倍氏遭到灭亡的古战场遗址厨川栅一带，似乎也有继承安倍姓氏的人居住在那里。

从土渊村安倍家往北四五町（译注：一町约一百零九点零九米），小乌濑川的河湾处有屋舍的遗址，称为八幡泽馆，据传是八幡太郎义家的军营遗址。从这里前往远野城镇的途中，有一座八幡山，这座山对面八幡泽馆的山峰上也有屋舍遗址，据说是贞任的军营遗迹。

两处屋址相距二十余町远。

据说这之间的土地有许多箭镞出土。这些证据补强了两军营在过去彼此射箭，进行过激烈攻防的传说。

此外，两处馆址的中间，有处叫似田贝的聚落。

似田贝（nitakai）这个地名，我认为是来自于阿伊努语中意味着湿地的nitato。因为下闭伊郡小川村也有叫二田贝（nitagai）的字（*译注：字是日本町和村底下的行政区划，分为大字和小字，小字一般单称字*），并且在关西地方，地名叫nita或nuta的地方，也都是湿地。这一带从前似乎也是如此。据说安倍贞任与源义家争战的时代，似田贝一带芦苇丛生，地面泥泞软烂，走在上面甚至会左右摇晃。不过村名另有由来。

有一次，八幡太郎义家经过这片芦苇原。

结果他发现有大量疑似粥品的东西置于此处。不知道是敌人的还是自己人的，但总是兵粮无疑。八幡太郎问：

“这是熟粥（nitakayu）吗？”

当地人说，村名似田贝（nitakai）就是从这熟粥（nitakayu）转变而来的。

似田贝村外有条小河叫鸣川，小河对岸就是足洗川村。传说村名是源自于源义家曾在鸣川洗过脚。

五

远野四面环山。群山深处居住着山人。

山人的外形像人。

但据说他们不是人。

比方说——

从远野乡要出海，必须先翻山越岭。若要前往田滨或吉利吉里等海岸，从山口村进入六角牛山，翻越笛吹岭，是最快的途径。人们会用马载上米粮、木炭等物资，进入山中，翻过笛吹岭，然后载运海产回来。山口这个村名，就意味着山的入口。因为极有效率，这条山路自古以来就受人重用。

然而——

到了近年，这条路却渐渐荒废了。

因为据说试图越岭的人，一到山中，就一定会碰到。

碰到什么？碰到山人。

这条路上有山男和山女。

它们似乎非常可怕。

遭遇山人的人惊恐万分，而只是听到转述的人，也吓得哆嗦不止。往来的人愈来愈少，不久后行人稀疏，终至再无人影。因为太多人害怕走这条路，人们只好另辟蹊径。

不管再怎么害怕，如果没有路可以前往海边，生活会出问题。因此人们在和山这个地方设了驿站，开了条从境木岭翻山的新路。

据说现在都走这条路。

因为必须迂回两里路以上，绝对不能说方便。

这反映了——

山人就是如此骇人。

九十二

这是去年的事。

土渊村有十四五个孩子结伴到早池峰山去玩。

他们在山里玩了一整天，回过神时，已是日暮逼近的时刻了。

孩子们心想天色暗了很危险，便连忙赶着下山。事情就发生在他们总算快来到山脚的时候。

孩子们碰到一个块头高大得吓人的男子，正快步爬上山来。

也许是因为天色昏暗，男子看上去一团漆黑。来人眼睛炯炯发亮，肩上背着一只像麻料的老旧浅黄色小包袱。孩子们说那模样吓人极了。在这种时刻往山中走去，本身就不寻常。违反常理。

一名胆大的孩子问他要去哪里。

“去小国。”

男子回答。

但那条山路怎么想都不是去小国村的路。方向完全反了。男子是在上山。

孩子们停下脚步，狐疑地目送男子。但双方才刚擦身而过，男子一眨眼就不见踪影了。

“是山男！”

有人说，孩子们顿时怕了起来，七嘴八舌地喊着“山男！山男！”逃回村子了。

三十

这是住在那个小国村的男子的遭遇。

男子不知其名。一天，男子到早池峰山去砍竹子。

不多久，男子来到一处长满了地竹（*译注：即千岛笹，学名Sasa kurilensis，一种大型竹，多食用其笋，类似箭竹笋*）的地方。他正开心地以为这下子可以大丰收了，不经意地放眼一瞧——

竟发现竹丛里躺了个巨大得吓人的男子，正熟睡不醒。

巨汉仰躺着，鼾声大作。男子倒抽了一口气，往下一看，忽然发现地上有一双用地竹编成的草鞋。

据说那双草鞋长达三尺（译注：一尺为三十点三厘米）。

二十八

传说第一个开拓早池峰山山路的，是附马牛村一个姓名不详的猎人。这应该是非常久远的事了，但无疑是南部氏迁入远野的城池以后的事。因为在那之前，没有一个当地人会进入这座山。

这个姓名不详的猎人进入前人未至的山中，辛辛苦苦地开辟了约一半的路。来到半山腰处，猎人歇息停手，在那里搭了间临时小屋，暂时住下。

有一天，猎人把年糕排在炉上，从烤好的开始吃起。

这时，有人经过小屋前。

山里不可能有人，因此猎人诧异地一看，发现那人来回逡巡，不停地窥伺小屋里头。仔细一看，来人是个身形高大的和尚。

一会儿后，那和尚闯进小屋里来了。

猎人大惊，但慌也没用，因此继续默默烤年糕。和尚不知是饿了，还是从来没看过年糕，一脸罕异地专心看着猎人烤年糕。

但和尚终于露出再也无法忍耐的样子，突然伸手抢夺烤好的年糕吞下肚。

猎人怕了，年糕一烤好就立刻拿给和尚。

和尚开心地吃着，把猎人给他的年糕吃个精光，一个也不剩，然后离开了。

猎人思忖了。

他不知道那个大和尚是何许人物。但看他那样子，明天肯定还会再来。

年糕已经所剩无几，但如果不给年糕，不知道会有什么下场。不晓得语言通不通，再说就算下去村子拿年糕上山，万一又被吃个精光，那可没完没了——

猎人心生一计，隔天捡来两三块肖似年糕的白色石头，和年糕一起摆在炉上烤。不一会儿，石头烤透了，烫得像火球一样。

不出所料，大和尚又来了。

和尚和昨天一样，盯着炉上的年糕，没多久便伸手抓起年糕，吃得津津有味。一个下肚、两个下肚，年糕被吃完，只剩下火热的白色石头。

和尚浑然未觉，抓起火热的石头就往嘴里扔。

才刚扔进口中，和尚便吓了一大跳，猛地冲出小屋。猎人追出去一看，已不见人影。

据说后来过了一段日子，猎人在谷底发现了大和尚的尸体。

三十五

这是佐佐木的叔公前往白望山采菇时的事。

他专心一意地采菇，注意到时，太阳渐渐西下了。

夜半走山路很危险，因此佐佐木的叔公决定在临时小屋过上一夜。

临时小屋前有山谷，山谷对面是一座大森林。

叔公夜里睡不着觉，望着山谷对面，结果——

看见有人经过森林前方。

是个女人。

女人是在奔跑。而且叔公说，在他看起来，那女人就像跑在半空中。

“等一下！等一下！”

他还听到了两声女人呼唤什么的声音。

三十四

与白望山相连之处，有个叫离森的地方。

那里有个地区叫富人屋。富人屋空有其名，是一块无人居住、空无一物的僻地。

有人想要在那块无人的土地上烧炭。当时家家户户使用的木炭都是自己烧的。木炭有时也可以拿来变卖，算是一点外快，因此烧炭相当盛行。

那个人盖了窑，搭建起小屋。烧炭小屋是要放置烧好的木炭，使其冷却的。也是在那里把木炭装进稻草袋里。小屋是通过组合木头简单搭建而成，门口挂了块草席遮蔽。

某天晚上。

男子去察看窑火。

结果发现有人掀开草席，窥看小屋里头。

是个女人。

长长的头发分成两边，长长地披垂着。

不是村里人的发型。

据说在富人屋一带，深夜常会听到女人的叫声。

七十五

据说离森的富人屋这里直到几年前，都还有一家制作火柴棒轴木的工厂。说是工厂，也不是什么大厂房，只是栋小屋而已。

现在已经没有了。

它迁到土渊村一个叫山口的地方去了。以下就是它搬迁的理由。

据说天色一黑,就会有女人不晓得从哪里冒出来,偷看小屋里面。

女人悄悄窥看屋内,如果里面有人——

就会放声大笑。

虽然不知道哪里好笑,但女人一见人就笑。

据说听到那笑声,被笑的人会立刻陷入无比凄凉的心境。

在无人居住的荒地夜晚,只有女人的大笑声四下回荡,这情景与其说是骇人或古怪,不如说更令人感觉到凄凉。

据说就是因为承受不了那种凄凉,工厂才会迁走。

火柴棒工厂迁离之后,这回又因为要从富人屋的山里砍伐铺轨道用的枕木,在山上盖了栋简陋的小屋供工人休息起居。

然而每到傍晚,工人就会不见。

他们会在不知不觉间从小屋晃出去,回来的时候,仍迷迷糊糊,去了哪里、做了些什么,不管怎么问都不得要领,莫名其妙。

这样的工人不止一个,而且出去了不止一两次。有四五个人一到傍晚就蓦地消失,然后每一个都神志不清地回来,失魂落魄良久。这样的怪事后来也发生过好几次,持续不断。

到了很久以后,一名工人才开口坦承。

说是有女人会来。

女人把他们引诱出去，带到不知何处的地方，接下来的事完全不复记忆。即使回来了，仍有两三天处在意识混沌、一头雾水的状态。

四

这是在山口村成家的吉兵卫遇到的事。

家长吉兵卫某天到根子立这座山去砍矮竹。他在矮竹原里砍下所需分量的竹子后，捆成一束，扛到背上。

就在他准备站起来回家的时候——

一阵风哗哗吹过，就像是抚过背后一大片的矮竹原。吉兵卫不经意地转向风吹来的方向。

风是从矮竹原更深处的地方——森林的方向吹来的。那片林中走出了一个女人。

是一个背着幼儿的年轻女人。

女人随着风穿过矮竹原，朝吉兵卫这里走来。

吉兵卫怀疑自己眼花了。因为他觉得女人仿佛足不点地。不，在风中摇摆的矮竹叶遮住了女人的脚，所以看不见，但是在吉兵卫眼中，女人就好像稍微浮在地表上，被风吹着在矮竹原上前进。

女人愈来愈靠近吉兵卫了。

是一个艳丽绝伦的女子。在吉兵卫眼中是如此。

女人留了一头乌黑的长发，任其披散。没有绑，也没有剪。这本身十分诡异。

但仔细一瞧，绑着婴儿的绳索是藤蔓；身上的衣物也是，原本似乎是随处可见的条纹和服，但衣摆的部分都绽开了，各处的破洞，也都是以树叶当成补丁修补。

不管是走路的样子、发型还是衣物，都异于常人。

女人仿佛完全没看到吉兵卫，若无其事地掠过他的眼前，消失在视野当中。完全不知道去了哪里。

吉兵卫一下子怕了起来。

也许是当时的体验太骇人了，没多久吉兵卫便害了病，在病榻上缠绵许久。而这并不是多久以前的事。

生病的吉兵卫过世，也是最近的事而已。

三

环绕着远野的群山，果然还是栖息着山人。

栃内村的和野住着一个七旬老翁佐佐木嘉兵卫。

这是嘉兵卫老翁年轻时的遭遇。他年轻的时候是个赫赫有名的神枪手，以狩猎为业。

那一天。

年轻的嘉兵卫上山打猎，深入山中，寻找猎物。

他专心爬山，赫然惊觉时，人已置身极深的山区。虽然不到人迹未至，但不是有人来往的地方。虽然嘉兵卫是个熟悉山林的猎人，也闯进了平时不会踏入的领域。

就在更前方之处。

枝叶之间，遥远的另一头有块大岩石。嘉兵卫大吃一惊。

因为岩石上坐着一个美女。

女人侧坐着，正在梳理一头极长的乌黑头发。

脸庞极为白皙，而且不是抹粉的那种白。皮肤本身白到几乎透明。

那不是人。

因为那不是有人的地方。不，那里不应该有人。即使想去那里，常人也去不了，没必要去。遑论女人，更不可能上得去。

所以那不是人。

年轻的嘉兵卫也是个胆大包天的汉子，丝毫不感到害怕。相反地，他拿枪瞄准了那魔物，开枪射击。

轰声在山林间回响，声音散去之前，女人已然倒地。

击中了。嘉兵卫跑过树林，爬上岩石。

倒地的女人非常巨大。身量比嘉兵卫还要高。

而她原本正在梳理的黑发比身子更长。村落没有人把头发留到比身高还要长。长相虽美，但这女人是异形。

女人死了。但嘉兵卫无计可施。他不可能把尸体扛回去，因此割下一点长发，绾起来收进怀里，作为杀死山中魔物的证据。这天嘉兵卫没有继续打猎，而是踏上归途。

然而不知为何，回程的时候，嘉兵卫忽然被睡魔给侵袭了。

山路才走到一半，嘉兵卫却困得不得了。

他瞌睡得要命。

嘉兵卫无奈，只好躲到隐秘处小睡一下。脚步不踏实的话，走山路太危险了。

嘉兵卫假寐了一下。他昏昏沉沉，在睡梦与现实之间徘徊，就在这时——

一名巨汉不知道从哪里冒了出来。

巨汉看似高耸入云。他来到嘉兵卫身边，弯下身子，手插进嘉兵卫的怀里，取走了绾起的黑发。是从女人尸体割下来的头发。

他是来取回头发的吗?

嘉兵卫想。男子拿着发束，旋即离去，瞬间嘉兵卫醒了过来。

睡意也烟消雾散。

那是——

嘉兵卫觉得是山男。

嘉兵卫老翁如今依然健在。

八

不论何地，妇孺在黄昏时分出门都会受到劝阻。也许是因为天色昏暗，弱者在户外活动很危险。有时还会遭到神隐，失踪不见。这在远野也是一样的。

据说松崎村有个叫寒户的地方，那里的民家女儿突然消失了。

梨树下有她脱下摆好的草鞋。女儿只留下草鞋，就此下落不明。

后来过了三十多年的某一天。

亲朋好友有事聚集在那户人家。

这时——一名老态龙钟的妇人上门来访。

那居然是消失的女儿。

众人都惊讶极了。这三十年间她都在哪里？在做些什么？怎么回来的？不——为什么都过了三十年才又回来？

亲朋好友都困惑极了，但还是问她为何如今才返家。

“我无论如何都想再见怀念的人们一面，所以回来了。”

然后老妪说：

“那么我要走了。”

老妪就这么离开了。没有恋恋不舍，甚至没有留下来访的痕迹，老妪再次回到不知何处的地方去了。

那天狂风大作。

自从那天开始——每当风大的日子，远野乡的人都会说：

“感觉这天寒户的老太婆会回来呢。”

但远野并没有叫作“寒户”的聚落。松崎村的是叫作“登户”，而有“寒风”这个地名的，是在绫织村。也许是听错了，或记错了。

即使如此，刮大风的日子，人们还是忍不住要说——

感觉寒户的老太婆好像会回来。

三十一

远野乡的百姓家，每年都有许多姑娘和孩童被抓走。

不是人抓走的。

据说被抓走的多半是女人。

六

在远野乡，现在还是称豪农（*译注：指拥有许多土地，并有权势的富裕农家*）为富翁。

那名富翁住在青笹村大字糠前。

有一天，富翁的女儿被抓走藏起来了。就像遇上了神隐一样。全村闹得沸沸扬扬，结果还是找不到人，就这样过了许久，某一天——

同一村的某个猎人进入深山打猎。

他在那里——

遇到了女人。

猎师惊骇欲绝。因为那不是会有女人的地方。

那么一定是山女。山女一样是可怕的东西。

害怕的猎人举起枪支，条件反射性地想要射杀那可怕的东西。

结果那山女——

喊了猎人的名字，说：“这不是某某大叔吗？”

然后女人说：

“别开枪——”

被叫出名字，猎人吓了一跳。定睛一瞧，女人居然是好几年前下落不明的富翁千金。猎人大为惊讶，然后困惑不已，问她怎么会在这种地方。

姑娘回答：

“我——是被某个东西抓来的。”

是被掳走的吧。

姑娘接着说——她成了那东西的妻子。

“我成了他的妻子，也生了孩子。生了好几个。不管生下再多个，也全被丈夫吃掉了。所以我很孤单。孤孤单单地在这山里头。我只能在这山里过完一辈子了。已经……”

莫可奈何了，姑娘说。然后又说：

“叔叔待在这里也一样危险，快点回去吧。可是这事——”

不要说出去。

绝对不要说出去，姑娘——不，山女说。

猎人听到这里，又感觉到一股无法言喻的恐惧。确实，他认得这个姑娘，但这女人再也不是失踪的姑娘——

而是骇人之物，他想。

猎人再次受到强烈的恐惧驱策，在女人的催促下，也没有确定那里是何处，或是向目送的女人说什么，便头也不回地逃回村子了。

七

上乡村有一民女上山捡栗子，就此下落不明。

众人寻遍各处，仍杳无踪影，家人最后也死了心，当作女儿死了，以她的枕头代替尸首，办了丧事。

后来——过了两三年。

一样是上乡村的人上山打猎。猎人追捕猎物，即将来到五叶山山脚一带时，发现了奇妙的东西。

他以为是山洞，但并不是。有块大岩石像屋檐般覆盖着。虽然不是人工物，但并非一般的洞，算是个洞窟吧。

里面是下落不明的姑娘。猎人意外发现姑娘，大吃一惊，问：

“你怎么会在这种地方？你、你是怎么进到这种深山的？”

听到问话，姑娘也极吃惊地说：

“我在山里被可怕的人抓走了。然后被带到这种地方来。我想要找机会回家，但那个可怕的人防得很严，我完全没有机会逃走。”

猎人更加惊讶，问：

“你说的可怕的人，是怎样的人？”

他认为那一定是怪物，不是鬼就是天狗。

女人摇摇头，说是普通人。

“至少在我看来是普通人。只是他的个子高大异常，还有眼睛的颜色有点厉害。”

姑娘这么回答。什么叫作厉害？是眼睛的颜色和一般人不一样吗？又是怎么样厉害呢？猎人不解其意。

姑娘说她为那个人生了好几个孩子。

“但他说生下来的孩子都不像他，不是他的孩子，抱去别处了。”

猎人问抱去别处做什么？姑娘说不知道是杀掉了还是吃掉了。人类是不会吃自己的孩子的。

“他真的跟我们一样是人吗？”猎人追问，“你说眼睛的颜色很厉害，是什么意思？”

“他身上的衣物什么的，跟一般人没什么不同。但眼睛的颜色跟我们有些不一样。就是这一点……”

很可怕，姑娘说。然后她接着说，一市之间会有四五个一样的同伴来访一两次。

也就是那可怕的人不止一个。

一市之间，指的是市集与市集之间。在远野镇上，一个月会举办六次市集，因此一市之间是五天。那么那些可怕的家伙，五天之间会在这里碰头几次。

“他们聚在一起，说上一会儿话，然后一起离开去别处。有时也会从外面带食物回来，所以我想他们也会去远野街上。在我们说话的这当下……”

或许他们就要回来了，姑娘说。

猎人四下张望，忽然怕了起来，离开了那里。

九

有个叫菊池弥之助的老人。

弥之助有马，因此年轻的时候以当马夫为副业。虽是马夫，牵的马也不是供人骑乘的，而是收钱为人载货。在远野，这份差事叫作驮运。工作并不轻松，但可以赚点外快，因此有马的农民经常兼做这份差事。

弥之助同时也是个吹笛高手。

送货到远方时，他会一面赶马，一面吹笛。

出远门时必须通宵赶路。许多时候，笛声在夜空里听起来嘹亮异常。

某天晚上。

弥之助与大批驮运的伙伴准备一起翻越境木岭，运货到陆中的海滨。

路途很单调，天空挂着朦胧的月亮。

弥之助一如往常，从怀里掏出笛子，灵巧地吹奏起来。

一行人走在夜路上，对那笛声听得如痴如醉，来到一处叫大谷地的山谷上方。大谷地是一座极深的山谷，上方是浓密的白桦林，下方则是芦苇丛生的小溪。

就在即将经过那山谷的时候。

谷底——

传来一道高亢的叫声：有趣！

众人顿时吓得面无血色，逃之夭夭。

十

这位弥之助老人有一次进入山中采菇。

山脚的菇全被采光了，所以他决定进入远离人居的深山，搭间临时小屋，住在那里采菇。

弥之助搭了间简陋的屋子，日头一落，便立刻就寝。

就在三更半夜的时候。

忽然传来一声女人的惨叫，把弥之助惊醒了。

即便睁开眼，也四下无光，一片漆黑，因此不知道声音是从哪传来的。而且除了弥之助以外，根本就没有别人。

他以为是心理作用，但声音清晰地残留在耳中。那么声音是从远处反射过来的吗？但这个想法立刻就被否定了。想都不必想，深夜的山中不可能有人，何况是女人？

当然，村子里的声音也不可能传到这里来。

这里是连寺院钟声都听不到的深山。

弥之助的心脏开始怦怦乱跳起来。他怕了。

弥之助怀着擂鼓般的心跳过了一晚，渐渐地，四下转亮了。

什么事也没发生。

弥之助认为应该是错觉，采了菇，下山了。

村子闹成一团。

说是弥之助的妹妹遇害了，而且凶手是她的儿子，弥之助的外甥。据说妹妹遇害，就是弥之助听到尖叫的那一晚，而且是同一个时刻。

十一

弥之助的妹妹长年和儿子两人相依为命。

但生活并不困苦，日子过得十分平静。

然而自从儿子孙四郎娶了媳妇以后，整个状况就变了。弥之助的妹妹身为婆婆，与儿媳水火不容，婆媳关系日渐恶化。媳妇经常哭哭啼啼地跑回娘家，多日不归。

那天媳妇在家，但身体不适，躺在床上。

中午时分，孙四郎突然回家了。然后他说：

“我再也不能让妈活下去了。今天我一定要杀了她。”

媳妇听了大惊，但以为丈夫当然只是说笑罢了。然而没有多久，丈夫便拿出割草用的大镰刀，细细地磨了起来。

那模样显然不寻常。

看着丈夫疯狂磨刀的样子，媳妇也渐渐没法继续把它当成玩笑话了。母亲一定也这么想。

孙四郎的母亲面色苍白，不停地辩解、赔罪。但孙四郎完全听不进去，只顾着磨刀。媳妇也愈来愈害怕，从病床上爬起来，苦劝丈夫不要做傻事。

母亲一个劲儿地赔罪，妻子也哭着制止，然而孙四郎对母亲的道歉充耳不闻，也不理会妻子的劝阻。母亲逃出家门。

不，她试图逃出家门。孙四郎察觉后，把玄关和后门关得死紧，并且锁上。逃亡失败了。

媳妇和婆婆被监禁在家里了。

母亲设法要逃，恳求说想小解。于是孙四郎出去外面，拿了代替尿壶的东西进来，要母亲用它解决。

逃不掉。

没有多久，太阳西下了。

接近傍晚的时候，母亲似乎也放弃逃走，不吵也不闹，蹲在大地炉旁哭了起来。

时间过去，夜也深了的时候，孙四郎拿着磨得锋利无比的大镰刀，慢慢地走近潸然流泪的母亲身旁。

孙四郎首先往旁边扫去一般，挥刀砍向母亲的左肩口。但镰刀前端够到地炉上的方格火架子，没能整个砍进去。

母亲惨叫一声。

据说那叫声就跟同一时刻，哥哥弥之助在深山里听到的一模一样。

那惨叫也没吓阻孙四郎，他继续挥舞镰刀，第二刀从右肩口深深地砍入。但母亲还是没死。这时村人察觉出事了，跑来查看，见状皆惊慌失措，联手压制孙四郎，并立刻报警。警察随即赶到，把孙四郎绑了起来。

这时母亲还活着。

她血流如注，地炉周围一片血海。浑身是血、奄奄一息的母亲在昏茫的视野中看见儿子被抓走，气若游丝地说：

“即使我死了，也不怨他，请大家放了孙四郎吧。”

遭逢这样的人伦悲剧，竟仍为儿子担心，母亲最后的遗言深深打动了在场的每一个人。但孙四郎本人却挥舞着砍伤母亲的镰刀，疯狂地追杀巡查。

当时刚好是警官禁止佩刀的时期，只能携带警棍，因此要拘捕人犯困难重重。

但孙四郎被视为疯子，很快就被释放了。

他现在依然很普通地住在砍死亲娘的家里。

九十六

远野的城镇住着一名三十五六岁的男子，人称傻子芳公。本名不晓得叫什么。周围的人都说他是白痴。他到前年都还活着，住在远野。

芳公有个怪癖。他在路上看到木头或垃圾，就会捡起来观察。拿在手中把玩、扳扭，细细端详，甚至嗅闻味道。

去别人家的时候，也会用手用力摩擦柱子等，再嗅闻手的味道。只要是能拿在手里的东西，什么都要拿起来凑近眼睛，笑眯眯地眯眼端详，时不时闻闻味道。

还有一点。芳公有时会走到一半，突然停下来捡拾石头等物朝附近人家扔，并扯着嗓子大喊：失火啦！然后被丢掷东西的人家，当晚或隔天晚上必定会失火。这样的事连续发生过几次，因此被丢掷东西的人家也会留意火烛，小心预防。但据说不管再怎么小心，仍没有任何一家幸免于难。

十二

土渊村的山口住着一个老人新田乙藏。

村人都叫他乙爷。现在已经高龄近九十，而且病痛缠身，大家都说他离死期也不远了。

他熟谙远野乡各种古老传说，长年以来，总是成天说着想趁自己还在人世，将这些事告诉别人，让传说流传下去。也许是悟出自己天寿将尽，近年来这样的念头愈发强烈。

确实,这位乙爷对散布于远野乡各馆邸的主人生平及家族兴衰，还有自古以来流传于远野乡的各种歌曲、深山传说、居住于深山之物的故事等，都知之甚详。

但非常遗憾的是，乙爷的家脏乱无比，臭气冲天，乙爷本人也臭不可闻，没有人愿意特地前往，向他讨教。

我听到这件事的明治四十二年时，乙爷似乎已经成了故人。

真正的遗憾。

十三

这位乙爷老翁曾经孤独地在山中生活了几十年。

他原本出生在好人家，但不知道究竟做了些什么，年轻时就散尽家中财产，失去一切，也失去了希望，与世人断绝了关系。

乙藏在山岭上搭了间小屋，贩卖甜酒给往来的旅人，借此糊口。

据说为了驮运而翻山越岭的人们，都敬慕这名老翁，待他如同父亲。也就是说，他抛弃世俗后，反而被世人所接纳了。

仅有的收入一有余钱，乙藏便会下山到镇里喝酒。

他穿着红毯子缝制的日式外套，戴着红头巾，每次喝得微醺，就会在镇上边走边跳舞，然后回到山上。众人都很熟悉他，巡查也不会警告他。

乙藏过了很久这样的生活，但日渐老衰，身子也逐渐不听使唤，便回到了故乡土渊。但他的孩子都去北海道工作了，即使回到老家，也孑然一身，晚景似乎颇为凄凉。

四十三

前年（明治三十九年）的《远野日报》也报道了这起事件。

上乡村有个叫阿熊的男人。

阿熊与朋友结伴在下雪的日子进入六角牛山打猎。他们来到山谷深处，在那里发现了大熊的脚印。

他们决定抓到留下这脚印的大熊，于是分头追捕。

阿熊一个人去山峰处寻找。

结果他发现一头大熊正从某块岩石后方看着这里。

近在咫尺。

这距离很微妙，要开枪太近了。

阿熊无可奈何，只得丢下猎枪。

然后他不晓得在想什么，居然朝大熊飞扑上去。也许是认为按兵不动，会被熊吃掉。

两熊扭打成一团，一同滚下雪坡，朝山谷滑落。

同伴见状想要搭救，却连靠近都没办法。他们无法伸出援手，也无法阻止。

他们试尽各种法子，却都力有未逮，终于——

两熊同时坠落溪流了。

阿熊在下，大熊在上，就这样沉入水中。

一名同伴抓住那一闪即逝的机会，开枪射击。

一发子弹漂亮地命中了大熊。

大熊在没入水中之前被射杀了。

至于阿熊，他没有溺水，全身被熊掌抓出几个伤口，但没有生命危险，和同伴一起扛着猎到手的大熊回家了。

九十五

松崎有个今年四十三四岁的男子菊池，是个造园名家。

他会进入山中挖掘花草，栽种在自家庭院；若发现形状有趣的岩石，不管再怎么沉重，都会扛回家来，一样摆设在院子里。他就像这样发挥巧思，营造庭院。

一天，菊池有些消沉，为了散心，离家上山游玩。

菊池漫不经心地在山中漫步，途中发现一块形状极美的岩石。那种美，是他毕生未见的。岩石的形状就仿佛一个人的立姿，大小也和人类相同。而且那并非石工所雕琢，而是大自然偶然形成的形状——是天然石，真正属于奇岩异石之类。

他内心的阴郁一扫而空。

这是他生平的嗜好。这块岩石他无论如何都要带回去。

菊池下定决心，搬起岩石。

然而岩石意外地沉重。非常重，重到实在搬不动。但菊池无论如何都想要它。这样的想法实在太强烈，令他终于扛起了岩石，摇摇晃晃地努力前进了十间（译注：一间约一点八一八米）距离。石头压得他几乎昏厥，重到手臂都快断了。他觉得岩石愈来愈重。这事有些不对劲。

菊池忽然对这重量起了疑，在路旁放下石头。

才走了十间远的路，他整个人就累垮了，凭靠在那块石头上休息。结果——

菊池维持这样的姿势，陷入一种难以言喻的感觉，仿佛与石头一同浮上了空中。就好像飘浮在半空一样。他甚至觉得再这样继续往上升，就会突破云层。实际上，菊池的周围明亮得奇异，变成一种极清净的景色。周围百花盛开，不知何处传来众多的人声。他真的——浮在半空中。

但石头仍继续往上升。

愈升愈高。

啊，已经到顶了，不知为何，菊池这么想。这时菊池失去了意识。他糊里糊涂，什么事都不记得了。

究竟过了多久？

后来菊池恢复了意识。

他一头雾水，也不知道自己出神了多久。

他仍坐在放下石头的路肩上，姿势就和休息的时候一样，凭靠在石头上。

这石头真不可思议。

如果把这样的石头带回家，完全无法预料会发生怎样的怪事。菊池这么想，再一次看石头。

他看石头——

然后怕了起来，逃回家里。

那块石头还在那里。

据说菊池偶尔仍会远眺那块石头，有时又忍不住想要它，但每次他都克制下来了。

七十七

山口的田尻长三郎家，是土渊村数一数二的大富豪。

现任当家是长三郎老翁，在他四十多岁的时候，山口的大同，也就是大同家的女儿阿秀的儿子过世了。这便是丧礼当晚的事。

诵经结束，众人各自返家。长三郎是个健谈的人，因此一个人留到最后，比其他吊唁客晚了一些才离开大同家。

结果——

他看见一个男人以石为枕，仰躺在地。那石头是放在屋檐下，用来承接滴水檐落水的雨石。长三郎吓了一跳，再瞧了一眼。没有人会睡在那种地方。是喝醉了，还是路倒的人？长三郎定睛细看。

那是个陌生男子，而且看起来不像活人。

这天夜晚月色清明，因此可以观察得很仔细。

月光下，男子立起膝盖，嘴巴大张。长三郎胆大包天，因此也没有惊叫或吵闹，而是用脚尖推了推地上的男子。

但男子只是任凭推动，别说醒来了，甚至连一动也不动。

死掉了吗?

男子以屋檐下的雨石为枕，因此整个身体横躺在路上，非常碍事，妨碍通行了。结果长三郎跨过男子的身体回家了。

一晚过去，长三郎趁早去了大同家。因为他很好奇。

但理所当然，不见男子踪影，也没有人倒地的痕迹。而且除了长三郎以外，没有人看到那样的人。

但男子枕头的雨石的形状和位置，都与昨晚的记忆毫无二致。他有印象。那种东西，平日不会仔细观察，因此如果他看过，一定是在昨晚。那么就不是梦，或是幻觉了。

“早知道就用手摇醒那人了。哎，其实我也是多少有点怕了，所以才只用脚尖推一推就算了。结果完全弄不清楚究竟是什么人干的好事。”

后来长三郎这么对人说。

七十八

田尻长三郎家的长工里，有个来自山口，名叫长藏的人。长藏现在已经七十多岁了，仍然健在。

一天，长藏夜游过头，很晚才回来。

主人田尻家的宅子的大门面对连接海边与镇上的街道——大槌大道。长藏有些心虚地走在夜晚的路上，总算来到大门口，遇到一个人从海边走来。

那人穿着雪衣。

穿雪衣的男子来到大门附近，停下脚步。长藏感到怀疑，观察他的动静。

但男子没有进入田尻家，而是无声无息地闪向另一边，朝马路另一侧的田地前进。

——不，等等。

这时长藏想到了。

宅子的对面，应该有篱笆才对。

应该没办法直接走进田里。

长藏穿越马路一看，确实有篱笆没错。

也不可能翻越过去。

但四下不见男子踪影。

宅子前的马路一条到底，没有岔路。

长藏忽然怕了起来，冲进家里，把刚才撞见的怪事告诉主人长三郎。

据后来听说，那天晚上，新张村有个人到海边去，在归途中落马摔死了。

那人死掉的时间，正是长藏看见神祕男子的时刻。

七十九

长藏的父亲，名字也叫作长藏。

长藏代代都是田尻家的长工。

母亲阿常也一样在田尻家帮佣。

也就是夫妻俩，还有夫妻俩的儿子都侍奉田尻家。

据说上一代的长藏，也和儿子一样撞见过怪东西。

一天，上代长藏一样出门夜游。但父亲和儿子不一样，入夜不久就回到宅子了。

他从大门进入院落，看到连接主屋与马厩，叫作“洞”的建筑物前方的空地“洞前”站了一个人。

似乎是个男人，双手揣在和服胸前，窄袖的袖口飘垂着。

面部模糊，看不清楚。

上代长藏心想：

——这家伙是不是来夜会老婆阿常的奸夫？

若是这样，绝不能原谅。看上有夫之妇，趁着老公不在跑来私会，这种居心不良的家伙，绝不能放过。

上代长藏故意大步踩出脚步声，靠近男子。

长藏以为男子注意到他，一定会往屋后逃。

没有哪个奸夫被老公捉住了还不跑的。他打算若是未遂，也不是不能放男子一马。

然而男子不仅没有跑，还朝着后门的反方向，右边的玄关门移动。

跑到那里反而难逃。

——这家伙，瞧不起人吗?

那举动只能这么解释。长藏实在气不过，决心逮住对方，更进一步逼近男子。男子已经成了瓮中之鳖，无路可逃了。谁叫他自己要往那里跑，自掘坟墓。

然而——

男子双手揣在和服怀里，就这么后退，无声无息地退入了屋中。

但玄关门只开了三寸（译注：一寸约三点零三厘米）宽而已。男子从那条缝隙侵入了主屋。

不过火冒三丈的长藏一点都没察觉这有什么异样。他只是心想：这臭小子!

长藏把手伸进门缝间，摸索里面。

门打开了三寸宽，但内侧的纸门关得死紧。

男子没有进屋。不，他根本进不去。人怎么可能钻得进三寸宽的缝隙里？

直到这时，长藏才感觉到恐惧。

那——

是什么？

长藏慢慢地从玄关退开，抬头往上看。

只见男子紧紧地贴在玄关顶横木上的“云壁板”处，俯视着长藏。男子的头垂得低低的，近到几乎快碰到长藏的头。

男子的眼珠子看起来就像从脸上突出了一尺多长。

不知道后来怎么了。当时长藏只是吓得魂飞魄散。而且这件事似乎也不是某种前兆。

因为后来什么事都没有发生。

八十

为了更清楚地理解长藏的体验，有必要以平面图来说明田尻家的格局。

远野乡的房屋，样式都与田尻家相去不远，屋内格局也算是大同小异。因为屋子的平面都呈直角形，因此也有人称其为“曲屋”。

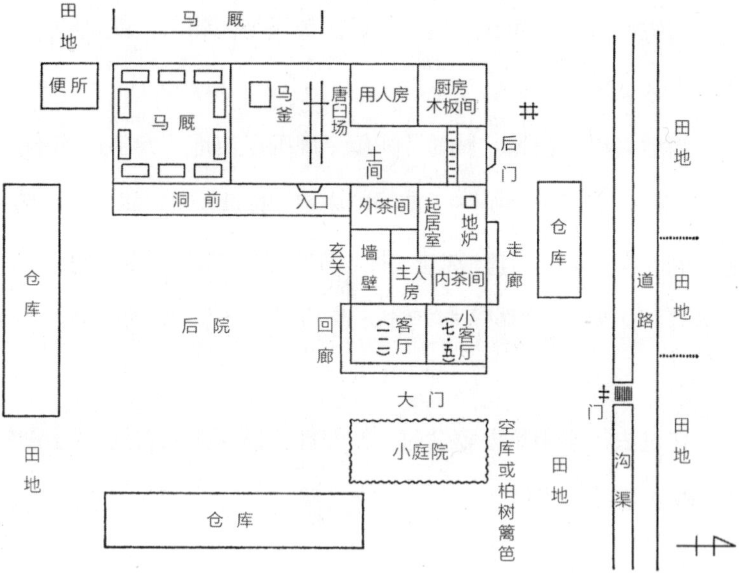
田地
马厩
便所
马厩
马釜
唐臼场
用人房
厨房木板间
土间
后门
洞前
入口
外茶间
起居室
地炉
仓库
走廊
玄关
墙壁
主人房
内茶间
后院
回廊
客厅（二）
小客厅（七·五）
大门
小庭院
空库或柏树篱笆
田地
仓库
道路
门
沟渠
田地

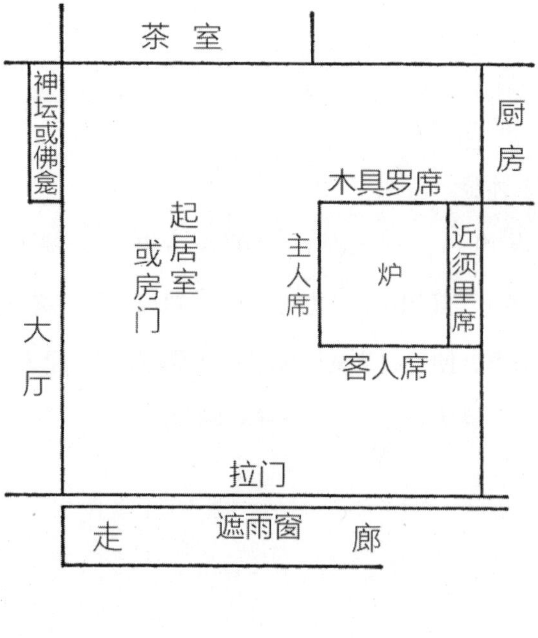
茶室
神坛或佛龛
厨房
木具罗席
起居室或房门
主人席
炉
近须里席
客人席
大厅
拉门
遮雨窗
走廊

到远野地区旅游时，印象最深刻的，也许就是这种房屋样式。

田尻家的大门面北，但一般通例都是坐西朝东，就是图上的马厩一带。

当地人称大门为“城前”，屋子周围是田地，大部分都不会设围墙、篱笆等地界。主卧室和叫作“内室”的起居间之间有个小房间，这房间非常狭窄，而且没有窗户，一片阴暗，叫作“座头房”（*译注：座头是日本中世及近世，做僧人打扮的盲人。一般从事琵琶、古筝表演工作，或按摩、针灸等职业*）。

在过去，家中举办宴会时，一般都会请座头来表演。据说这房间就是供座头等候的。

八十二

田尻家的儿子名叫丸吉。

这是田尻丸吉的体验。

事情发生在丸吉小时候的某天晚上。当时丸吉和家人一起待在叫作“常居”的房间——起居室，正想去厕所。要去厕所，必须经过茶室。丸吉一进茶室，便看到茶室与客厅的交界处站了一个人。

那确实是个人，却模模糊糊的，令人感觉幽渺。

衣服的纹路和五官都一清二楚，却觉得朦胧不明。

那人披头散发的，很可怕。

丸吉很害怕，却不知为何伸出手来想要摸那个人。但他摸不到。伸出去摸索的手，碰到的不是那个人，而是他身后的门板。用手一推，门板便咔嗒作响。继续摸下去，还可以摸到门框。但——

手和门板中间有那个人。

丸吉看不到自己的手。那个可怕的人像团影子般重叠在手上。他的手穿透了那个人。丸吉试着把手抬到那个人的脸部，那个人的脸一样就在手上。手的前端穿过他的脸，伸到另一头。

太奇怪了。

小丸吉回到起居室，把那个怪人的事告诉家人。

家人起疑，提着灯笼到茶室查看，但当时已经没有任何人影了。

田尻丸吉这个人思想很现代，是个非常聪颖的人。此外，他也没有撒谎的毛病。

这件事应该是真的。

八十一

田尻丸吉有位好友名叫前川万吉,住在栃内的宇野崎,两三年前,三十多岁就过世了。这是万吉生前告诉丸吉的事。

万吉也在过世的两三年前遇见过怪事。

也是在夜游回家的时候遇见的。

当时是六月的一个月夜。万吉从正门进入家中,沿着屋边的回廊走到转角,这时他不经意地抬头一看,也许是想要仰望皓皓明月吧,没想到竟看见一名男子贴在云壁上,正在睡觉。那是个脸色苍白的男子。

万吉吓得魂飞魄散,腿都软了,没多久就害了病,但似乎也只是这样而已。这件事也不像某种前兆。

七十六

据说火柴棒工厂的离森富人屋附近以前住着富人。所以才会叫这个名字。

附近还有座山叫糠森。

据说这是富人家丢弃的米糠堆积而成的山。

传说这座糠森山，有处地方生长着一株五叶溲疏。

这棵溲疏底下埋藏着黄金。

现在仍有人相信这个传说，偶尔会在山中漫步，寻找这棵溲疏的所在。

传说中的富人，是从前的金矿猎人吗?

这一带有一些矿渣,是以风箱熔化铁沙和铁矿制铁时所留下的。也许以前有人在这里炼铁。枥内村有座叫恩德的金山，与这座糠森所在的山相连，距离也不远。

八十四

佐佐木的祖父在三四年前过世了，享寿七十多岁。

这是他青年时期的遭遇，因此约是嘉永（*译注：江户时期年号，一八四八——一八五四*）年间的事。

当时陆中的海岸有许多西洋人往来。釜山和山田都建有洋房。船越半岛的尖端也有西洋人居住。

人们暗中信仰耶稣教（*译注：过去日本人将基督教称为耶稣教*），在远野乡，也有人因为信仰基督教而遭到磔刑（*译注：日本古代刑罚。将罪人绑在柱子上，再用长枪活活刺死*）。到海边去看外国人回来的人都说：

“异人经常搂搂抱抱，亲嘴互舔。”

现在似乎也有些老人家会提起这类事情。

据说海岸地方有不少和外国人通婚生下的混血儿。

八十五

土渊村的柏崎有户人家，父母都是不折不扣的日本人，却连续生了两个白子。

发色、肤色、眼珠子的颜色，都和西洋人一模一样。

现在应该二十六七岁了。

他们在当地务农。

他们发出来的声音也和当地人不同，又细又尖。

五十

死助山有一种花叫“卡扣花”（译注：原文为“カッコ花”〔kakko—hana〕，即敦盛草、大花杓兰。据传因为在杜鹃鸟〔カッコウ鸟〕飞来的时节开花，或多生长在杜鹃鸟啼叫的山上，故得此名）。

在远野乡也是十分珍奇的花。

五月，当杜鹃鸟啼叫时，妇孺就会上山去采这种花。

然后把它拿来像酸浆果一样吹着玩耍。

浸泡在醋里，就会变成紫色。

采集这种花，是远野的年轻人最大的娱乐。

五十九

据说在其他地方，河童的脸是绿色的。

但是远野的河童，脸是鲜红色的。

这是佐佐木的曾祖母还小的时候，和附近朋友在庭院游玩时的事。

庭院长了三棵胡桃树。

有个面色鲜红的小男孩从胡桃树之间探头窥看她们。

那应该是河童吧。那些胡桃树现在还没有枯萎，长成了大树，矗立在佐佐木家的院子里。据说佐佐木家屋舍周围的树木，全是胡桃树。

五十七

河边沙地经常可以看到河童的脚印。尤其是下过雨的隔天，更常看到。

那脚印很像猴子，大拇趾与其他脚趾分得很开，因此只看形状，也像是人的手印。不过大小不到三寸。而且趾头的部分痕迹模糊。也许是因为趾间有蹼的缘故。

五十八

小乌濑川的姥子渊附近，有户人家家号叫新屋。

这户人家的人，有一天牵马到姥子渊去泡水。把马牵入水中后，牵马来的人就跑去别处玩耍了。

只留下了马。

这期间，被丢下的马遭到河童攻击。河童想要把马拖入水潭里，但马身强力壮，反将河童拖到岸上，最后拖到了马厩前。也许是害怕被人发现，河童把马槽倒扣，覆盖在身上藏起来。马槽就是装草秣的饲料桶。

新屋家的人看到马槽倒扣，心生疑念，抓起槽缘稍微抬起来一看——

底下露出河童的手。

事情立刻闹开，全村的人都聚集过来。

这可恶的河童，是要宰了它呢？还是放过它？村人当场讨论起来。

最后他们要河童保证绝对不碰村里的马，放过了它。

那河童现在已经不在村里了。

传说它离开姥子渊，搬到相泽瀑布的水潭去了。

五十五

远野的河川栖息着众多河童。

猿石川特别多。

河童会让人类受孕。

据说松崎村的河畔，有户人家母女两代连续怀了河童的种。

他们把生下来的孩子斩个稀巴烂，装进一升容量的木量斗里，深深地埋进土中。

河童的孩子极其丑陋。

怀了河童种的女人，丈夫是新张村人，他的老家也在河畔。这个人把妻子怀上河童种的始末告诉了别人。

事情是这样的。

一天傍晚，全家人去田里干活回来的路上。

那户人家的女儿——男人的妻子，恍恍惚惚地走到河岸，在水边蹲了下来。

她嘻嘻笑着。

隔天中午，众人正在休息用饭的时候，女儿又去了河边，蹲在那里笑。

家人都奇怪她怎么了，但因为也没什么事，所以也不能如何。即使问女儿，也问不出个所以然来。日子就这样一天天过去，不久后传出了奇怪的谣言。

谣言说女儿有奸夫。

说村里某个男人每晚都来找女儿。

而传闻是真的。

一开始奸夫似乎趁着女婿不在的空当跑来，像是女婿出门替人赶马运货到海边的日子。但间隔愈来愈短，最后甚至女婿就躺在旁边，也照样跑来和女儿偷欢。不知为何，就是无法防堵。

不久后，私通的男人是河童的说法甚嚣尘上。这流言渐渐传开，家里的人都伤透了脑筋，召集全家族的人保护女儿，却徒劳无功。

婆婆看不下去也来了，就睡在儿媳妇旁边监视，竟也无能为力。

据说深夜时分，婆婆听到媳妇的笑声，提防着奸夫就要来了，身体却动弹不得。就像遇到鬼压床一样，一动也不能动，只知道有人来了，却无计可施。

一族的人试遍各种方法，却只能任由对方为所欲为。

不出多久，女儿怀孕了。

不知道是丈夫的种，还是可疑奸夫的种。

接着临月，终于要生产了，却是难产。

有人看不下去，建议说：

“在马槽装水，让孕妇在里头生，就能安产。”

众人照着一试，真如所言，孩子一下子就生出来了。

生下来是生下来了，但——

婴儿的手上有蹼。

是河童的种。

其实，这女儿的母亲在年轻的时候也曾生下河童的孩子。会传出奸夫是河童的流言，也是这个缘故。也有人说，这不是两代、三代就会结束的孽缘。

这里不便说出其名，但这户人家是豪农，当家的为人和善。家中是武士门第，也担任过村会议员。

五十六

传闻说，上乡村另一户人家的女儿也产下过疑似河童的孩子。

虽然没有确实的证据，但生下来的孩子通体赤红，嘴巴巨大，是个极讨厌的恶心孩子。

因为外形太可怕了，家里的人决定把他丢掉，便带着这不祥之子，来到村郊的岔口。也就是道路的分岔口。

家人把婴儿丢在岔口。

家人头也不回地走了一间之远，忽然改变了心意。

家人舍不得了。不是出于同情，而是心想卖给畸形秀巡回团，应该可以换几个钱。

家人在利欲驱使下折返，但婴儿已经不见了。

那人认为是被什么人抱走藏起来了。

四十五

年岁增长的动物，会做出各种古怪的行径。这叫作“经立”。

据说猿猴的经立肖似人类，它们好女色，会掳走村里的妇人。

还说它们会用松脂涂抹体毛，再沾上泥沙凝固，因此毛皮坚硬如铠，连枪炮的子弹都无法射穿。

四十四

六角牛山的连峰处，有座村子叫桥野。

从桥野村往上的山地有座金矿坑。一名男子靠着烧炭供应这矿山来谋生。

男子擅长吹笛。

这天，男子也许是闲着无聊，大白天就关在烧炭小屋里躺着吹笛。结果忽然有人掀起垂盖在小屋入口的草帘。

男子惊讶是谁，望过去一看，竟是一头猿猴的经立。

男子惊骇地爬起来坐好，结果猿猴不疾不徐地离开小屋，就这样跑到远处去了。

四十六

这是某个住在栃内村林崎的人的遭遇。

据说是十多年前的事了。

那个人到六角牛山去猎鹿。为了把鹿引诱出来，男子吹了叫作“欧奇（译注：原文作“オキ”〔oki〕，东北地方使用的鹿笛，现在也用于祭祀神明的神乐中）”的鹿笛。这种鹿笛会发出类似雌鹿叫声的声响。

结果却冒出了猿猴的经立。

猿猴是把男子的笛声误以为是真正的鹿了吧。它龇牙咧嘴，从山头一直线朝男子冲了过来。

男子吓破了胆，停止吹笛。

猿猴也许是因为迷失了目标，大大地偏离男子，跑向山谷那边去了。

四十七

远野地方平时吓唬小孩的时候，都会说：

“六角牛猿猴的经立要来喽。”

都变成陈腔滥调了。

这个地方的山，就是有这么多的猿猴。

如果去观赏绪桛的瀑布，可以看到悬崖的树梢上坐满了众多的猿猴。

猴猿看到人也会跑，但一边跑，还会一边朝人丢掷果实等。

四十八

仙人岭也有许多猿猴。

据说它们会朝往来山岭的人丢掷石块等取乐。

三十六

猿猴的经立很可怕，但御犬的经立也一样骇人。

御犬就是狼。

山口村附近的二石山，名副其实是一座岩山。

某个雨天，从小学放学回家的孩子们仰望那座山，结果看到许多岩石上都蹲着御犬。

孩子们看了一会儿，只见御犬就像从底下推直脖子一般，一头接着一头嗥叫起来。从正面看去，感觉有刚出生的小马那么巨大。

又巨大又可怕。

但听说从后面看去，却意外地小。

世上再也没有比御犬的吼叫声更令人丧胆销魂的了。

三十七

据说赶马驮运的人，经常在境木岭与和山岭之间遇到狼。

马夫在夜行之际，多半会十个人结伴而行。一名马夫能牵的马叫“一把绳”，约是五匹，最多是六七匹。因此夜间赶路的一群马夫，通常都带着四五十匹马。

有一次。

多达二三百头的狼群从后方袭击了马夫。

当时狼群的脚步声巨大到震动山林。因为太可怕了，马和人都聚成一团，在周围燃起了一圈火，以防止狼群进攻。然而狼却越过那火焰，接二连三地跳进火圈里来。

最后，马夫们解开马的缰绳，用那绳索围住火焰内侧。尽管觉得没有任何防护效力，狼群却似乎误以为那是某种陷阱，不再往里面跳了。但它们还是远远地围住马夫们，不断地嗥叫，直到天明。

三十八

小友村有一户世家，那里的老家长现在依然在世。

事情发生在这名老翁去镇上回来的路上。他喝得醉醺醺的，舒畅地走着，忽然频频听见御犬的吼叫声。老翁在醉意驱使下，心想你叫，我也能叫，便学着那声音叫起来。

结果——

不管走到哪里，狼叫声都如影随形。老翁心想一定是狼一边叫，一边跟上来了。他顿时害怕起来。

老翁急忙回家，紧紧关上大门，冲进屋子里，把屋门也关上锁好，在屋内屏声敛气，藏身不动。

狼在老翁家周围逡巡不去，叫个不停。

老翁吓得都快没命了。

一晚过去，总算没了动静，老翁提心吊胆地走出屋外。

没看见狼。

但——

仔细一看，马厩房基底下的泥土被挖开了，里头似乎也不太对劲，而且有血腥味。老翁有了不好的预感。这里本来没有洞，也没有人会在这里挖洞。那么——

是狼挖的。

狼从洞里钻进马厩，把马吃了。

七匹马全被咬死了。

据说从此以后，这户人家日渐衰败，家运也变差了些。

三十九

佐佐木曾在儿时和祖父两个人一起上山。回程的时候在距离村子不远的溪流岸上看见一只倒地的巨鹿。

鹿的侧腹被咬破，伤处冒出氤氲的蒸气。感觉刚被咬死不久。

佐佐木的祖父说：

“这是狼咬死的。这头鹿很雄壮，真想要它的皮，但御犬一定就躲在附近看着，连取皮都不成。”

四十

据说只要有高三寸的草，狼就能藏身。

季节迁移，草木也会变色。狼的毛皮也会随着草丛、树木的颜色一同变化。

四十二

六角牛山的山脚，有处地方叫御场屋（译注：原文为片假名オバヤ

〔obaya〕，无汉字），或是板小屋。

那是一座辽阔的茅草山，是当地人共同种植用来铺屋顶的。各村庄的人偶尔会来这里割取茅草。

某年秋天。

饭丰村的人来割茅草。

茅草割除后，露出了一座岩洞。饭丰村的人朝洞里一看，发现三只小狼。他们杀掉其中两只，带回一只。

当天晚上——饭丰村的马被狼袭击了。并且从这天开始，只有饭丰的马被狼群盯上。其他村子的马都安然无恙，却只有饭丰人养的马遭到攻击。

狼群的袭击无休无止。马一匹接着一匹被吃掉。

再这样下去，日子都别过了，饭丰人讨论之后，决定发动猎狼行动。

他们请成天相扑、以大力士闻名的阿铁为队长，组织了猎狼队。

一行人才刚来到荒野，准备要消灭狼群，就在远处发现一团疑似狼群的影子。很大，好像是公狼。但公狼群只是远远地观望，完全不肯靠近。同时草原里也传出狼的声息。

潜伏在草原的似乎是母狼。

双方隔着旷野对峙，这时草丛里突然冲出一头母狼，攻击大力士阿铁。阿铁情急之下脱下外衣，缠绕在手臂上，用那拳头冷不防塞进狼的嘴里。狼咬住阿铁的手臂，阿铁把手更深地插进去。

他一面堵住狼嘴，一面呼救。

然而每个人都怕得不敢靠近。

就在这当中，阿铁的手臂深入到狼的腹部了。

狼在断气之前，痛苦之余咬碎了阿铁的臂骨。

狼当场死掉了，阿铁也被扛回家，但听说没多久就死了。

四十一

这是曾经射杀过山女的、和野的佐佐木嘉兵卫所说的体验。

某一年，嘉兵卫到境木越的大谷地方打猎。他走在从死助一路延伸出去的草原上。季节是晚秋，树叶凋零殆尽，山的表面也裸露出来，景观萧瑟。

就在这时，他看见从对面的山峰上——

有数百头的狼蜂拥而至。嘉兵卫吓得不得了，急忙爬上附近的树梢，缩起身体。接着只听见数量惊人的狼群从脚下的树旁疾奔而过的脚步声。

狼群朝北方前进。

据说从此以后，远野乡的狼群数量便剧减了。

远野物语 remix B part

序（三）

我（柳田）无法割舍对远野的思慕，遂在去年八月亲自前往远野一游。

从花卷到远野，路途有十余里之遥，然而途中只有三处驿站，其余全是青翠无比的山，以及原野。

只有这些。

没有炊烟，表示无人居住。论人烟稀少，感觉更甚于北海道的石狩平原。不过我也觉得，这萧条景象也许只是刚开拓的道路沿线尚未有太多人定居的缘故。

远野的城下町景象截然不同，热闹繁华。或可称为烟霞之都。

我向旅舍老板借了马，一个人走访郊外各村庄。借来的马前方挂了厚重的穗子，是以黑色的海藻编织而成，用以驱虫。每当马儿跨步，挂在前端的竹子便会摇晃，赶走蚊虫。据说这里有很多牛虻。

猿石的溪谷土壤肥沃，并充分开垦。

路边立了许多石塔。在其他地区，我从来没见过如此多的石塔林立的景象。

来到高处，俯瞰盆地，早稻已经成熟，晚稻花开累累。但不需要的田水已放干，流入河中，是一片美轮美奂的田园风光。稻田的色彩，会随着种植的稻米品种不同而呈现各种变化。若有连续三块、四块、五块色彩相同的稻田，表示都是同一户人家的田。这叫作“名处相同”。所谓“名处”，可以把它视为比行政区划的“小字”更小的土地区分。即便是这么狭小的区域，也有个别不同的名称，但大部分都只有地主才知道。不过只要阅读古老的买卖让渡文件，上面一定都会注明。

翻过山头，来到附马牛的山谷，早池峰的山头缭绕着淡淡云雾。不过山形就像菅笠般工整，也像个人字形。

这座山谷稻子熟得更晚。满目稻田，仍是一片青绿。

我走在青翠的稻田约莫中央的狭小田埂上。

陌生的鸟类带着雏鸟行经眼前。

雏鸟是黑色的，掺杂着白色的羽毛。一开始我以为是小鸡，但它们隐没在沟壑的草叶中消失，所以不是鸡，是野鸟。

天神山正在举行祭典。

为神明献上狮子舞。

祭典让整个村子生气蓬勃。激烈的舞蹈激起些许尘埃，微微飞扬的红色服装在覆盖整座村子的绿意映衬之下，显得分外美丽。

狮子舞的狮子其实是鹿，这是鹿之舞。五六个头戴鹿角，脸戴面具的童子拔出剑来，一同舞蹈。动作整齐划一。笛声响彻云霄。

相反地，歌声低沉，即使站在近旁，也难以听出歌词。

不久后，太阳开始西斜了。

风也刮了起来。

如此一来，醉汉们喊人的声音也开始显得寂寞。女人们的笑声、孩子们四处奔跑的情景，都是近处的欢声、眼前的情景，却不知为何渐渐感觉遥远。旅情涌上心头。

这就叫作旅愁吧。

这是一种难以排遣的情绪。

我踏上归途，来到山岭。从马上远眺，可以看到远方各个村子竖起高旗。

这个地方的习俗是，该年家中有人离世的人家，会在盂兰盆期间高高竖起红白旗。

据说是用来招魂的。

我从东向西，一一指着旗子计算。

数目多达十几支。

暮色徐徐降临，笼罩着即将离开永住之地的村中死者，以及暂时踏上此地的我这个旅人，还有显现出永恒威容的灵山，一切浑然一体，我也融入了远野的薄暮之中。

回到村落，夜幕已经低垂。

远野乡有八处观音堂。

据说观音堂里祭祀的观音像，都是用一整块木头雕刻出来的。

这天有许多还愿的香客聚集在观音堂。

山丘上可以看到许多香客手提的灯笼。

也听得到佛磬之声。

是在向观音还愿。

村郊的道路分岔之处，称为“道违”。经过那岔口时，我发现草丛里躺了个人，大吃一惊，定睛一看，才发现那不是人，而是人偶。是“雨风祭”活动中使用的稻草人，被丢弃在这里。

就好像疲累的人躺在那里睡觉一样。

很快地，

神佛、死者、旅人，

全被远野的夜晚吞没了。

这便是我自远野之行得到的印象。

九十八

在远野地方，于路边立石塔，刻上山神、田神、塞神（*译注：也称道祖神、障神，祭祀于村境、山头或十字路口，防止恶灵入侵，并保佑旅人行旅安全*）之名，是非常普遍的事。

也有刻上早池峰山、六角牛山之名的石塔。

这类刻有山名的石碑，比起远野乡，相隔一座山的陆中海边似乎更为常见。

二十六

土渊村柏崎的阿部氏，家号为农田之家。应该是因为家中拥有许多水田，人们才会如此称呼。

阿部家也是赫赫有名的世家望族。

阿部家的祖先里，有个技巧极高超的雕刻名家。

据说远野一乡的神像、佛像，绝大多数都出自他的巧手。

一百零二

正月十五的夜晚，叫作小正月。

在这小正月的傍晚时分，孩子就是福神。

福神会四五人成群结伙，拿着袋子访问村中各户人家。

他们站在门口，七嘴八舌地唱着：

“福神从黎明来了！”

福神造访的人家，必须给这些小神明年糕。孩子们拿了年糕，在入夜以前回家。

因为如果待到入夜，会出大事。

只有这晚，人们绝对不能外出。

小正月的夜晚是禁止外出的。

传说中，小正月一过夜半，山神就会出游。而人们绝对不能看到神明游戏之姿。

山口的小字丸古立住着一个叫阿正的女人。这是阿正才十二三岁时的事。

那一年不知何故，只有阿正一个人当福神。

平常都是数人结伴，但不知为何，当时她只有一个人。也许是和同伴失散了。

阿正一个人访问各家，领了年糕。就在她四处拜访时，暮色渐浓，一眨眼就入夜了。

不见半个人影。

阿正耐着寂寞，踏上归途，这时——

一个巨人迎面走来。

那个人。

个子高得异样。

脸看起来鲜红无比。

也许是因为眼睛熠熠生辉的关系。

阿正和那个人擦身而过，刚擦身而过，她立刻扔下袋子逃回家——

据说后来就患了重病，好一段时间都无法下床。

一百零三

也有人说在小正月的夜里到村里游玩的是雪女。

据说不只是小正月，雪女也会在冬季的满月之夜现身。

雪女会带着许多孩子，不知从何处前来村落。

远野乡的孩子只要碰上积雪，就会跑去附近的山丘玩雪橇。“雪橇游戏”在孩子们的游戏中，也是数一数二有趣的。因此他们经常玩得太入迷，不小心玩到入夜。平常大人也不会多计较，唯独十五日的晚上，会警告孩子们：

“雪女要来了，快点回家。”

大人们总是如此谆谆告诫。但亲眼看到雪女的人，少之又少。

一百零四

小正月的夜晚有许多活动。

比方说“月见”，这是一种占卜。

先准备六颗胡桃，分别打开，变成十二个。把它们同时放入炉火中，再同时取出，排成一排。从右至左，分别代表正月、二月、三月、四月，以此类推。十二个半颗胡桃里，有些会不停地赤红燃烧。据说这些赤红的胡桃所代表的月份，满月之夜将晴朗无云。相对地，一下子就焦黑炭化的胡桃所代表的月份，满月之夜将乌云密布。而相当于风强月夜的胡桃，则会发出“呼呼”声，愈烧愈旺。

不管试验多少次，结果都一样。

整个村子无论哪一家来试，结果都相同。

非常不可思议。

隔天，村人会互道结果，共同商议。比方说，如果得到八月十五日的晚风很强的占卜结果，就决定这年的割稻工作要提早进行。

一百零五

还有叫作“世中见”的占卜。

和月见一样，是在小正月之夜进行。

稻米有许多种类，像是早稻、中稻、晚稻，用这些不同的米做成年糕，整成圆形，做成“镜饼”。把和镜饼原料相同种类的米平铺在膳台后，再将镜饼放置其上，盖上锅子。

就这样放置一晚，隔天早上查看结果。

取下锅子，将各个镜饼翻过来，如果年糕上黏附了许多米粒，表示该种类的米当年将会丰收。而沾上米粒少的，则会歉收。村人会依据占卜结果，决定今年要种植早、中、晚稻何种品种。

十四

远野的聚落，必定都有一户世家。

也就是那些被称为大同的人家。

这些大同世家，祭祀着叫作“屋内大人”（*译注：原文作“オクナイサマ”〔okunaisama〕，汉字或作“屋内样”或“奥内样”。“样”为敬称*）的神祇。

屋内大人的神像是雕刻桑木所制成。在雕好的木棒上画脸，以它为神体，套上中间挖了洞的方巾。神体穿过方巾的洞穴，以方巾为衣裳。这样的衣裳，会套上好几件。

算是神明的盛装。

正月十五日的小正月，所有小字的居民都会聚集在大同家，祭祀屋内大人。

此外，还有叫作“御白大人（*译注：原文作“オシラサマ”〔oshirasama〕*）”的神祇。

御白大人的神像也以相同的方式制作，同样在正月十五日，村人群聚祭祀。

仪式的时候，有时也会在御白大人的神像面部抹上白粉。

大同的人家一定都有个房间，只有一张榻榻米大。

这个房间叫座头房，是个无窗的阴暗小房间。

据说在这里过夜，就会遇到不可思议的事。

这里经常发生睡着的人枕头被翻过来的情形——所谓的“掀枕”现象。

有时甚至会突然被抱起来，或是从房间里被推出去。

在这个房间，人们完全不被允许安眠。

六十九

现在的土渊村，有两户家号为大同的人家。

山口的大同家长叫大洞万之丞，是入赘女婿。

万之丞的养母叫阿秀，是佐佐木祖母的姐姐。她年过八旬，现在依旧健朗。据说这位阿秀非常擅长使魔法。

比方说，她似乎能下咒杀蛇，或是让枝头上的鸟掉落，也经常做给佐佐木看。这件事，就是阿秀婆在去年的旧历正月十五日所说的。

从前。

某个地方住着贫穷的农夫。妻子早逝，有个美丽的女儿。

这个农夫养了一匹马。他的独生女极爱这匹马，每到夜里，都会去马厩和马睡在一起。然后，女儿和马终于——成了夫妻。

一天晚上，父亲得知了这件事。

马是重要的家畜，但毕竟是畜生。人和马不允许结合。父亲深为苦恼，烦恼之余，隔天早上瞒着女儿把马牵出去，吊死在桑树上。

当天晚上。

女儿发现马不见了，逼问父亲。父亲道出真相，女儿悲痛欲绝，跑到桑树下，抱着马尸的颈子哭泣。父亲见状，对这匹令女儿疯狂的马恨得不得了，回家抄了斧头，奋力斩下马头。结果——

马头带着紧抱住马脖子的女儿，倏忽飞上高天——

就此消失不见。

据说御白大人这个神明就是在这时候出现的。以吊死了马的桑树枝雕刻而成的神像，就是御白大人的肇始。当时造了三尊神像。以桑枝根部雕刻的神像，是山口的大同——大洞家现在仍保存的御白大人，叫作姊神。以桑枝中段雕刻的神像，在山崎的在家权十郎这个人的家里。这是佐佐木的伯母嫁入的人家，但现在已经绝后，不知道神像流落何方。以桑枝尾端雕刻的妹神神像，据说在附马牛村。

八十三

这户山口的大同——大洞万之丞的家，格局与其他人家有些不同。

我将之画成图示。该家极为古老，玄关开在东南方。

家中有个保存古文书的藤条箱，据说取出箱中的文书浏览，就会遭到作祟。

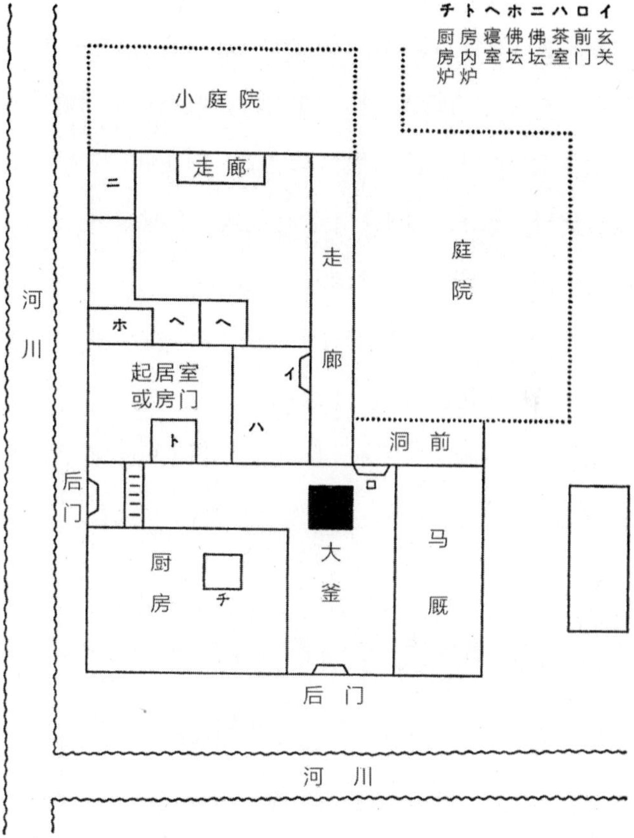

七十一

说出这件事的阿秀婆，是位虔诚的念佛宗（*译注：念佛宗为日本佛教的一个宗派，有净土宗、净土真宗等。提倡只要念佛即可前往极乐世界*）信徒。

不过似乎与一般世人所说的念佛宗信徒大相径庭。她的信仰与寺院、僧侣毫无关系，只有在家信徒会一起聚会，信徒的数目也不多。有个名叫辶石谷江的妇人一样住在山口，似乎和阿秀婆一样笃信念佛宗。信徒会向相信的人传播信仰之道，但彼此严守信仰的秘密，即便是对父母、孩子，也绝对不会将仪式作法泄露出去。

也许她们的信仰应该视为某种邪教。

在阿弥陀佛的斋日，她们等到夜阑人静之后，把自己关在秘密的房间里，偷偷祈祷。算是地下念佛宗吗？

但她们经常施魔法、咒术，因此在乡里之间具有某种权威。

七十

据阿秀婆说，有御白大人的家中，一定都会共同祭祀屋内大人。

但也有些人家没有祭祀御白大人，只祭祀屋内大人。不过屋内大人的模样各家不同。

山口的大同，大洞家的屋内大人是一尊木像，但同样在山口，辷石谷江家祭祀的屋内大人却是一幅挂轴。

农田之家，也就是柏崎的阿部家，祭祀的也是木像。

饭丰的大同家没有祭祀御白大人，只祭祀屋内大人。

十五

人们相信祭祀屋内大人能得到许多庇佑。

土渊村大字柏崎的富豪农田之家，也就是阿部家，也流传着这样的传说。

某一年，拥有许多水田的阿部家因为插秧人手不足，正在发愁。

抬头一看，天色似乎也不太妙。也许明天就会变天了。虽然想赶在天气恶化之前结束插秧，但就只差那么一点，怎么样都来不及。农田家的人一面赶忙插秧，一面抬头望天，喃喃说：

“只剩这么一点没种完，太可惜了。”

结果这时不知道从哪里冒出来一个小童子，要求帮忙。虽然不晓得是谁家的孩子，但心意令人感动，小孩子虽然派不上多大的用场，但既然愿意助一臂之力，总是一桩美事，因此阿部家的人任由他随意帮忙。

没想到童子勤奋过人。

中午到了，众人歇息，也想请童子用午饭，却不见他的踪影。

众人讶异他消失到哪里去了，用完饭后，再次着手种田，结果童子又不晓得从哪里冒了出来，继续工作。插秧前的耙土工作，童子的手法是炉火纯青。童子就这样忙了一整天。工作大有进展，居然赶在那天以前完成了全部的插秧工作。

“啊，多亏有你帮了大忙，虽然不晓得你是哪一家的孩子，但让我们招待个晚饭，聊表谢意吧。请你务必要来。”

阿部家的人非常欢喜，邀请童子，然而天色一黑，童子又消失不见了。不管怎么找，都连个影子也不见。

众人无可奈何，回到家里，发现檐廊上沾了许多小泥脚印。

那脚印从檐廊进屋，然后走到和室。循着一路跟去，脚印竟在屋内大人的神坛正下方消失了。

“难道——”

众人想，打开神坛的门一看——

神像的腰部以下全部沾满了田泥。

一百一十

神乐舞的队伍，每一组都有一个木雕像，叫“权化大人”。外形很像狮子头，但有些不一样。

它极为灵验。

从前新张的八幡神社神乐组的权化大人，和土渊村小字五日市神乐组的权化大人在路上撞见，大打出手。当时新张的权化大人落败，失去一边的耳朵。因此新张的权化大人到现在还是少了一只耳朵。

因为每年都会在各村巡回舞蹈，每个人都看过。

权化大人似乎对灭火特别灵验。

有一次八幡神社的神乐组去附马牛村，天黑了还找不到地方下榻，正左右为难。众人迫不得已，向一户穷人家请求借宿一宿，对方爽快地答应了。

神乐组一行人将五升木量斗倒扣后，把权化大人安置在上面，便去休息。

就在众人全都沉睡的夜半时分。

忽然响起咬东西般“咔咔咔”的声响，把众人都惊醒了。

定睛一看，屋檐边角正起火燃烧。

而权化大人正在扑咬那火。

众人都目击了原本放在木量斗上的权化大人不停地跳起来咬火的景象。

据说有小孩头疼的人家，也常会请权化大人来咬孩子的头。

一百零九

盂兰盆节的时候，会举办雨风祭。

这时会用稻草扎出一个比人还要大的人偶，以和纸画上五官，贴在脸部，并用瓜做出阴阳不同的形状固定上去，以象征男女。接着把这人偶送到村境道路的分岔处，竖立在路旁。

送虫活动使用的稻草人更小，也没有这类装饰。

举办雨风祭时，会从全聚落选定“头家”（*译注：也作“头屋”“当家”“当屋”。是负责辅佐神职人员主持祭祀和宗教活动的人家，以占卜或抽签从信徒之中择定*）。村人聚集，彼此斟酒后，共同演奏笛子和太鼓，将人偶送到道路的十字路口。

用来伴奏的笛子里面，有叫作“洞笛”（*译注：原文为“ホラ”，洞的意思*）的。这是以桐木挖洞制成的笛子，人们高声吹奏着笛子，然后唱以下的歌词：

“祭祀二百十日的雨风哟。祭祀何方？祭祀北方。”

《东国舆地胜览》里说，在韩国，厉坛（*译注：祭无祀鬼神之坛*）也一定建在城北。这些应该都是来自于玄武神的信仰。

十六

祭祀金精大人（*译注：原文作“コンセサマ”〔konsesama〕，原文后有一句说明其汉字的“应为金精大人”*）的人家也不少。

金精大人的神体非常肖似御驹大人（*译注：原文作“オコマサマ”〔okomasama〕。原文后有一句说明其汉字的“汉字应作‘御驹’”*）。御驹大人是东日本广受祭祀的神明，为马的守护神。村子里有许多御驹大人的祠堂。

人们会以石头或木头刻成象征男性生殖器官的形状，献给神明，但这样的风俗也日渐式微，现在似乎已经难得一见了。

七十二

栃内村的小字琴畑，是位于小乌濑川支流上游山涧处的小聚落，总共只有五户人家。琴畑地处村郊，与栃内村的中心相隔了二里之遥。

琴畑的聚落入口有一座冢。

冢上孤零零地放置着一座约莫人类大小的木雕座像。以前似乎是安置在祠堂里，但现在任凭风吹雨打。

它叫作神乐大人（译注：原文为“カクラサマ”〔kakurasama〕）。

村里的孩童把它当成玩具，拖下来扔进河里，或是在路上拖行，尽情恶作剧，因此五官都已经被磨损得一片模糊了。

好歹也是受祭祀的神明，这样的待遇实在令人匪夷所思。但看到小孩子这样游戏，是不能加以责备、呵斥或制止的。据说制止孩童恶作剧的人，反而会遭到作祟而生病。其他土地也有这类喜欢与孩子游乐的神佛。神乐大人应该也是如此。

七十三

远野乡其他地方好像也有神乐大人的木像。

栃内的小字西内也有。

有人记得山口村的大洞以前也有。

但远野乡里，没有一个人信仰神乐大人。

它的神像雕刻很粗糙，也不清楚服装和头饰是什么样子。

如今已经无从得知它原本究竟是怎样的形姿了。

七十四

枥内的神乐大人，只有琴畑和西内的大小两尊。

据说山口也有，因此土渊村全境应该有三或四尊。

每一尊都是木造半身像，就像用柴刀劈成的一样粗糙丑陋，但还是看得出有人的脸。

神乐大人，会是“神仓”大人之意吗？若是的话，指的是神明在旅途中休息的场所吗？也许从前某样东西有这种意义的名字，而它成为常驻当地的神明之名保留了下来。

一百一十一

山口、饭丰、附马牛的小字荒川东禅寺，以及火渡、青笹的小字中泽，还有土渊村的小字土渊，都有叫作“坛之塙”（译注：原文为ダンノハナ〔dannohana〕）的地名。而它们的附近，都一定有叫作“莲台野”（译注：读音为デンデラノ〔denderano〕）的地方。也许是成双成对的。

据传，以前有将年过六十的老人驱赶到莲台野的风俗。老人虽然被赶出家里，但也不能坐着等死，因此会在白天回到村里，帮忙农务等，借以糊口。

山口、土渊周边，称早晨下田叫“出墓”，傍晚从田里回家叫“归墓”。若是这样，可以说是古老陋习的遗绪。

坛之塙，应意味着山丘上的墓冢。我（柳田）认为那是祭祀边境之神的地方。莲台野应该也是相同的场所。相关考察，我记录在《石神问答》一书里。

一百一十二

据说坛之塙在过去建有屋舍的时代，曾是处斩囚犯的地点，也就是刑场。而不管是山口、土渊还是饭丰，坛之塙的地形都差不多，全在村境的山丘上。

仙台也有相同的地名。

山口的坛之塙位于前往大洞的山丘上，就在屋址的同一块土地。坛之塙中间隔着山口的民家，对面就是莲台野。莲台野四面溪流围绕，东侧是与坛之塙之间的低地，南侧叫作星谷，一样是低地。星谷这个名称全国各地都有，会是祭祀星辰的地点吗？

星谷有许多方形凹陷的场所，名为“虾夷大宅”。它是一种遗迹，并非天然洼地。这一点从它齐整的凹陷形状也显而易见。这里也有石器出土。

山口有两处地点出土石器和土器。

一处是星谷这里，另一处是小字法领（*译注：原文为ホウリョウ〔horyo〕*）。

这法领并非某些遗址，而是指某个约一町步（*译注：町步为量词，用来计算山林、田地面积，一町步约为九千九百一十七平方米*）的狭窄地区。远野等奥羽（*译注：陆奥国与出羽国，现今的东北地方*）全域都祭祀叫作“法领权现”的神明，据说是蛇神，但此名意义不明。汉字可写作“法领”或“宝领”等。

法领出土的土器，与莲台野星谷的土器样式完全不同。莲台野的土器极为朴拙，看不出任何技巧，但法领的土器富有装饰性，上面雕刻的花纹等也十分细致。此外，法领也挖掘出埴轮（*译注：日本古坟排列在外侧的素陶器*）和石斧、石刀等。

相对地，在莲台野附近找到许多俗称“虾夷钱”，以泥土制作、直径约二寸的钱币状物体。上有花纹，是很单纯的旋涡图形。在法领则找到玉珠和玉管等装饰品。法领的石器相当精巧，石头的质地也很统一，但莲台野一带的石器材料各异，差异悬殊。

星谷谷底的土地，现在已经成了水田。据说虾夷大宅原本就并列在两侧。传说那里有两处地方随便乱挖会遭到作祟。

其他村子的坛之塙、莲台野的地形和相关位置，也都大同小异。

一百一十四

山口的坛之塙现在成了公墓。

山丘顶上种了一排溲疏，作为围篱。东侧有开口，也有类似门的东西。中央有一块巨大的青石。

以前有人试着挖掘那石头的下方，但毫无所获。后来有人再试了一次，那次找到了一只埋藏的大瓶。但村里的老人听到这事，大发雷霆，把挖掘的人狠狠训了一顿，把东西又照原样埋回去了。

人们说，那块石头应是许久以前的大宅主人的坟墓。

距离那里最近的大宅，叫梵字泽馆（*译注：原文为"ボンシャサ"〔bonshyasa〕。无汉字*）。

那幢大宅挖掘了几座山引水，在周围设了三四重壕沟。人们都以"寺屋敷"或"砥石森"等地名称呼它。

据说山口的世家，山口孙左卫门的祖先以前就住在这里。

这些事迹，详载于《远野古事记》。

一百一十三

和野有个地方叫定冢森（*译注：原文为"ジョウヅカ森"〔jozuka-mori〕*）。

据说曾是埋葬大象的地方，可能是“象冢”之意。

但全国各地都有定冢这样的地名，多半写成“定冢”“庄冢”“盐冢”等。我（柳田）认为这也是祭祀境界神的场所，地名应该与三途河的葬头河婆（*译注：相传在死后世界三途河〔葬头河〕抢夺未带过河钱的死者衣物的老太婆恶鬼。也叫夺衣婆。葬头河发音为ショウズカ〔shozuka〕，与定冢音近*）有关。但与象坪等象头神应该也有关系，所以才会有关于象的传说。这些考察也记载在《石神问答》里。把“冢”称为“森”，是东国的习惯。

和野的这处定冢森，以从来不会有地震闻名。据说附近的居民一碰上地震就会往定冢森跑。

但这里确实是墓地，埋有人的遗骸。

冢的周围有壕沟，冢上有石头。

据说挖掘这冢，就会遭到作祟。

四十九

仙人岭上山是十五里路，下山也是十五里路。不过在这一带，一里叫作“小道”，一般三十六町为一里，这里却是六町为一里。

仙人岭的半山腰上，有一座祠堂祭祀着仙人像，祠堂壁上连绵不绝地记载着古来行经此处的旅人在山中碰到的各种不可思议的遭遇。

这是自古以来的习惯。

比方说——

我是越后（*译注：越后国，日本旧行政区之一，相当于现在佐渡岛以外的新潟县*）人，在某月某日夜里，在这条山路途中碰到披头散发的年轻女子，对我嫣然一笑——诸如此类。甚至也有记载如：我在这一带被可恶的猿猴戏弄了、我遭到三名盗贼攻击等。

十七

相传远野的世家，有些人家住着叫作座敷童子的神明。

这样的人家绝不算少。

据说这种神偶尔会在人前现身。

大部分为十二三岁的儿童形姿。

土渊村大字饭丰住着一个叫今渊勘十郎的人。

今渊家的女儿就读高等女学校，平时不在家，当时正逢学校放假，她便从寄宿的地方返乡回家。

就是那时候，女儿在走廊上碰到了座敷童子。

那不是家里的人。

女儿大惊失色。

据说那座敷童子是个男孩。

还有，这也是最近刚发生的事。

佐佐木家也在那个村子，位于山口。

有一次，佐佐木的母亲一个人在缝补衣物。

结果听到隔壁房间传来翻动纸张般的沙沙声响。隔壁房间是主人房，现在是佐佐木的房间。而佐佐木去了东京，并不在家。

家里只有母亲一个人。

莫非有小偷？佐佐木的母亲起疑，下定决心起身开门。但房间里没有人。什么都没有。

母亲在那里坐了一阵。

结果这回听到隔壁房间传来吸鼻子般的声响。唏呼唏呼的声音不停地传来，就像在吸鼻涕一样。

母亲想：啊，是座敷童子吧。

这么说来，相当久以前，就有传闻说佐佐木家也住着座敷童子。

传说有这种神明的人家“富贵如意”，不论是想要金钱还是地位，都能成真。

十八

座敷童子有时也会是女孩的模样。

同样在山口的世家,山口孙左卫门家,长年以来住了两个女童神。

某一年。

同村某人因为有事前往镇上，在归途中遇到了怪事。

小乌濑川的中游有一带叫留场，那里的水渠上架了座小桥。

过了那桥就是村子。

男子在那里停下脚步。

因为他看见两名模样秀美的姑娘结伴走了过来。他从来没有在村子里见过她们，很陌生。是从别的地方来的，正要回去吗？两名姑娘打扮不俗，神态却都很落寞。

男子叫住正要过桥的她们，问：

“你们是从哪里来的？”

姑娘们齐声回答：

“我们是从山口的孙左卫门那里来的。”

孙左卫门家里没有这样的女孩。孙左卫门家的女儿是独生女，年纪比她们更小。男子感到讶异，问：“那你们要去哪里？”

姑娘们回答：要去某某村的某某氏那里。

那是离土渊村有段距离的农家。

听到这话，男子恍然大悟。

这两个姑娘不是人。那么……

孙左卫门家完了，他想。

后来没有多久，孙左卫门家就绝后了。家人误食毒菇，连用人都死光了。只有一个刚满七岁的小女孩幸存，她没有嫁人，也没有生子，孤独地老去，据说在不久前病逝了。

而某某村的某某氏，现在仍是富裕的豪农。

二十

据说发生在孙左卫门家的凶变是有前兆的。

有一次，男丁们正在用锄头扒出储藏的草料。男丁插入锄头，搅拌草料的时候，发现里头藏了一尾大蛇，是一条非常巨大的蛇。男丁们吵闹起来，孙左卫门闻声赶到，制止说：

“不要杀蛇！”

然而男丁们不听主人劝阻，把蛇活活打死了。

结果——被杀死的蛇底下的草堆钻出了数不清的蛇，四处爬窜。男丁们觉得好玩，把那无数的蛇全给打死了。

打死是打死了，但大量的蛇尸无处丢弃。

但也不能就这样置之不理，便在屋子外头挖了个洞，把蛇埋起来，盖了座蛇冢。

据说杀死的蛇装了足足好几箩筐。箩筐是用来搬运蔬菜，类似竹篮的东西，可见数量惊人。据说连究竟杀了多少条都不清楚。

十九

就在杀蛇的骚动之后。

孙左卫门家庭院的梨树周围长出了许多陌生的菇。

男丁们发现这菇，为了能不能吃、要不要吃而议论纷纷。主人孙左卫门见状制止说：

“那种东西最好别吃。”

但一名下人说：

“不管是什么菇，只要跟去皮的麻茎一起放入水桶，仔细搅拌后再吃，就不会中毒。”

家人都信了这话，孙左卫门全家上下几乎都吃了菇。

吃了菇的人都死了。

七岁的女儿碰巧出门玩耍，不知道去玩些什么，乐不思蜀，忘了回家吃午饭，结果逃过一劫。

村中数一数二富有的孙左卫门家就这样突然灭门，全村人都不知如何是好。骚动还没有平息，就有许多远近亲戚听到消息赶来。

有人说：

“孙左卫门生前向我借过钱。”

又有人说：

“孙左卫门生前跟我说好了。”

他们七嘴八舌地主张，搬走家里的物品。等注意到的时候，不仅是财货家私，连味噌等用品都被搬得一干二净。

身为山口村创村一族，代代继承孙左卫门之名的富豪之家，一夕之间彻底灭门，香火也断绝了。虽然不知道是第几代，但这一代的孙左卫门，成了最后一个孙左卫门。

二十一

最后一代孙左卫门，是村中难得的有学识的人，据说他会从京都订购和汉书籍，耽读其中。不过虽然满腹经纶，却也是个出了名的怪人。

有一次，孙左卫门想出了一个亲近狐狸来增加财产的方法。

然后他付诸实施。

首先，孙左卫门在家中庭院盖了座稻荷（*译注：稻荷神为掌管五谷的仓稻魂神。祭祠的总本社为伏见稻荷神社。俗信稻荷神的使者是狐狸，故民间有时将稻荷神与狐狸混同在一起*）祠堂。接着他亲自前往京都，从伏见稻荷大社请来了正一位（*译注：颁予神社的神位中最高的一级*）稻荷神的神位，请神移驾庭院的祠堂。后来孙左卫门每天一定参拜祠堂，并亲手供奉一片油豆腐，虔诚敬拜。

不久后，狐狸真的现身了。

孙左卫门驯养狐狸，而狐狸似乎也渐渐习惯，开始亲近孙左卫门。即使孙左卫门靠近，狐狸也不跑，伸手抓它的脖子也不会反抗。

即使如此——

孙左卫门家还是灭绝了。

这表示不管那狐狸是什么，都无法破除降临到孙左卫门家的大祸。

“就算豢养什么狐狸，也没有半点保佑。亏他那么努力供奉，一族老小还是全死光了。像我们这里的药师如来，什么都不必供奉，但还是比孙左卫门的稻荷神更有庇佑多了。”

村里药师堂的看守人动辄拿孙左卫门当笑柄这么说。

一百

船越村的一名渔夫，某天上吉利吉里去办事，和同伴一起踏上归途。忙东忙西的，比预定时间晚了许多，当一行人走到闻名的险峻路段——四十八坡一带时，时间已经超过半夜了。

渔夫在小溪流经之处碰到一个女人。

似曾相识。

到底是谁呢？渔夫定睛细看，那居然是自己的妻子。

——不。

这不可能，渔夫心想。

三更半夜的，妻子不可能一个人跑来这种地方。她没有理由过来。即便有理由，凭女人的脚力，上下如此险峻的坡道，不可能还这样一派轻松。不可能是妻子。

绝对是怪物——

渔夫如此断定。

这么定下心后，妻子熟悉的脸庞顿时看起来就像个怪物。渔夫立刻掏出切鱼刀，从背后刺穿了妻子的身体。

妻子发出哀切至极的惨叫声，倒地死了。

渔夫认为怪物一死，必定会现出真面目。

然而过了好一会儿，尸体依然是妻子的模样。

渔夫渐渐怕了起来。难不成自己干了什么不可挽回的事？——这会不会真的是妻子？

如果是的话……

渔夫忍不住开始心慌意乱，把后事丢给同伴，自己先赶回家了。渔夫跑啊跑，上气不接下气地抵达自家，打开家门。

妻子在家。

一脸若无其事。

不，本来就没事吧。渔夫松了一口气。

妻子看见丈夫非比寻常的模样，露出讶异的样子。

“你回来得太晚，我正在担心——”

她又接着说：

“其实我刚才打起盹来，做了个可怕的梦。在梦里，因为你这么晚了都还没回家，我便到途中去看看，顺便接你——结果在山中遭到陌生人威胁，差点没命。”

在梦里就快被杀死的时候，我醒了过来，妻子说。

——难道？

渔夫心想。这下就说得通了。渔夫再次折返原处。

回到四十八坡的小河，不出所料，朋友们一脸惊愕，脚下倒着一只狐狸的尸体。据说渔夫杀死的女人，在同伴监视下渐渐现出真面目，最后变成了一只狐狸。

狐狸就是这样的吧。在梦中前往荒山野外时，有时会借用狐狸的兽身。

六十

这也是和野村的嘉兵卫老翁的经历。

有一天，嘉兵卫老翁躲进雉鸡小屋，等待雉鸡现身。

雉鸡小屋是一种极小的圆锥形小屋，仅容一人躲藏。猎人会静静地埋伏此处，等待雉鸡或山鸟前来啄食果实，再射杀它们。

但即使好不容易等到雉鸡现身，也都被不时跑出来的狐狸吓跑了。

狐狸一再碍事，害得鸟都跑光了。

因为那狐狸太可恶了，嘉兵卫老翁决定先射杀狐狸，便架好枪支，守株待兔。

没多久，狐狸出现了。这个臭家伙——嘉兵卫老翁瞄准猎物，然而狐狸却转向他，露出装模作样的神情，就像没把他当一回事。

嘉兵卫更是气得牙痒痒的，心想“等着瞧，看我这就收拾你”，扣下扳机——然而却没有着火。

哑火。

太奇怪了。

看着狐狸悠然自得的模样，嘉兵卫内心渐渐涌出不安。

他决定检查枪支。

结果——

令人惊讶的是，枪身从枪口到把手处，竟都塞满了泥土。身为猎人，猎枪是嘉兵卫生活中不可或缺之物，因此他从来没有疏于保养。他检查过无数次，不可能塞了泥土。

到底是谁、什么时候塞的？

这真的——是狐狸所为吗？无人知晓。

一百零一

有个旅人在经过丰间根村的时候正好入夜。

注意到的时候，四下整个暗了下来，身体也倦了，因此他打算今晚找户人家，请他们收留。幸而熟识的人家灯亮着，他便朝着那灯火走去，想要休息。

一敲门，朋友立刻出来应门说：

“啊，你来得正巧。其实今天傍晚家里有人过世，我得去找人帮忙，但家中无人看守，我没法出门。又不能丢下尸体离开，我正在没辙呢。可以请你替我看一下屋子吗？”

然后那人不容分说，抛下旅人去叫人了。

这下麻烦了，但既然都碰上了，也无可奈何。旅人进了屋，坐在地炉旁抽烟休息，替朋友看家。

死去的似乎是个老妇人。

尸体安放在内室里。

虽然不太想看，但令人好奇。旅人不经意地望过去一看——

躺在地上的尸体竟慢慢地坐了起来。

旅人吓得魂飞魄散。

但——

他心念一转，觉得这一定是幻觉，便镇定心神，再次静静地环顾家中。结果他发现厨房流理台底下的排水口有东西冒了出来。

咦？仔细一瞧，似乎是狐狸。

狐狸正把头伸进洞里，像是在频频窥看尸体。

旅人察觉这是狐狸在恶作剧，便缩起身体，蹑手蹑脚地离开屋子，绕到后方的便门。探头一看，果真是只狐狸。狐狸正踮起后脚，攀在墙上，把头伸进流理台的排水孔。它居然幻惑人的视觉，而且乱动死人，真是个遭天谴的家伙。

旅人捡起后院地上的棍棒，打死了这只狐狸。

至于是狐狸施展某种魔力让尸体活动，或只是让人看到这样的幻觉，就不得而知了。

九十四

这是住在和野一个叫菊池菊藏的人，有事去柏崎的姊姊家时遇上的事。应该是去参加某些喜事。

菊藏酒足饭饱，把剩下的年糕收进怀里，经过爱宕山山脚的林子，往和野的自家走去。结果他在森林里遇上认识的人，是住在象坪的一个叫藤七的大酒鬼。藤七和菊藏是好哥儿们。

两人在林子里巧遇的地方，刚好是一小块草地。

藤七指着那草地笑道：

“怎么样？要不要在这里比一场相扑？”

菊藏也许是心情愉快，答应了他的邀请，两人在草原上扭打起来，玩了一会儿。

然而藤七实在很弱。因为可以轻易抬起来，菊藏便尽情地将他抱起，随意扔掷。因为太好玩了，两人玩了三场，次次都是菊藏获胜。

藤七说：

“今天实在打不过你。好了，咱们走吧。”

这天两人就此道别。

走了四五间路，菊藏赫然惊觉。怀里的年糕不见了。是掉了吗？他折回相扑的草地寻找，还是没有。

菊藏这才想到，看来那个藤七是狐狸变的。但被狐狸捉弄，还被偷了年糕，这么丢脸的事实在不好跟别人说。太不光彩了。再说，也没有证据真的是被狐狸骗了。因此菊藏隐瞒了这件事。

后来过了四五天，菊藏在酒铺碰到藤七。

菊藏一直没有把相扑的事告诉别人，但看到藤七本人，还是想要确定一下，便问了藤七。

藤七说：

“我怎么可能跟你玩相扑？那天我去了海边。”

因此菊藏遭狐狸捉弄一事，已毋庸置疑，而且只被藤七一个人知道了。

但菊藏还是把这件事瞒着藤七以外的人。应该是觉得太丢脸了吧。不过去年春节，他不小心自己泄露了秘密。

大伙一起喝酒，聊到狐狸的时候，他忍不住说了出来：

“其实我也——”

菊藏被大大地嘲笑了一番。

顺带一提，象坪是地名，也是藤七的姓氏。

以前我（柳田）在《石神问答》这本书里，研究过象坪这个地名。也许是这个缘故，这段故事我听得兴致盎然。

九十三

这也是和野的菊池菊藏的遭遇。

菊藏的妻子是从笛吹岭再过去的栗桥村大字桥野嫁到和野来的。

妻子回娘家的时候，菊藏五六岁的儿子糸藏生病了。

菊藏一个人束手无策，一筹莫展，过了中午左右，便让儿子睡下，一个人去桥野岳家接妻子。

前往栗桥村的途中，会经过夙负盛名的六角牛山峰。山路上树木浓密，极为难行。尤其是从远野下去栗桥的路形成“乌多”（译注：原文为“ウド”（udo），无汉字），十分险恶。乌多是两侧山壁高耸的地堑，道路左右皆是耸立的悬崖峭壁。阳光都被这绝壁给遮住了。

绝壁愈来愈高，阳光被阻绝，前方开始变得昏暗时——

背后传来叫声：

“菊藏！”

因为明明白白叫的是自己的名字，菊藏回过头去。但后方不见任何人影。

他慢慢地抬头一看——

只见峭拔的高崖之上，有人正俯视着下界。

脸部赭红，眼睛炯炯发亮。

眼睛发亮，就像去年孩子们在早池峰山遇到的山人一样吗?

那异形接着说:

“你的儿子已经死了。”

菊藏听到这话，不是害怕，而是猛然想到儿子。儿子死了吗？不会是真的吧？他心如刀割，再一次抬头仰望时——异形已经消失了。

菊藏急忙赶路，当晚就带着妻子回到和野，但——

糸藏真的已经断气身亡了。

这是四五年前的事了。

八十九

要从山口前往柏崎，可以绕经爱宕山的山脚。

这条路就在连接田地的松林旁，来到松林开始变成杂木林的地方时，就可以看到柏崎的村落了。

爱宕山的山顶有一座小祠堂。要前往参拜，必须经过树林里的小径，而登山口建有鸟居（译注：立于神社参道入口的牌坊，显示神域），周边耸立着二三十棵老杉树，旁边还有另一座空荡荡的祠堂。

堂前建有石塔，石上刻着“山神”二字。

这个地方自古便传说有山神显灵。

和野有个年轻人出门去柏崎办事。

他经过爱宕山山脚的树林，来到参拜口的时候，已是日暮时分。

就在他要行经祠堂前面的时候——

看见有人从爱宕山上下来。

是个身形相当巨大的人。

会是谁呢？年轻人停步，从树木之间观察。远远地也能看出那人个子极高大。这附近没有块头如此高大的人。年轻人想要确定来人是谁，便盯着那人的脸，从树下折返回去，来到参拜口。

结果他在刚好转角的地方，和下山来的男子碰个正着。

年轻人突然从树下冒出来，似乎把对方吓了一跳，男子瞪大眼睛俯视年轻人，而年轻人则仰望对方的脸。

那人的脸是鲜红色的。

红到一点都不像人。而且眼睛灿烂生辉。

那人因为惊讶地瞪圆了双眼，因此眼珠子更显得炯亮。

——是山神。

年轻人察觉，拔腿就跑，头也不回地逃到柏崎的村落。

远野乡立有许多山神的石塔，据说这些塔所在的地点，都是过去有人碰到山神，或是遭到山神作祟的地点。石塔是为了安抚神明而建的。菊池菊藏目击的异人也是相同的相貌。他遇见的也是山神吗？

六十一

这也是和野的嘉兵卫老翁的遭遇。

当时嘉兵卫老翁进入六角牛打猎。他追赶猎物，深入山中，遇到了一头纯白色的鹿。

传说白鹿是神。

如果这鹿是神，万一伤了它，肯定会有报应。要是把它给杀了，一定要大祸临头。嘉兵卫烦恼起来。他害怕报应。但自己可是个响当当的猎人，要是在这里罢手，绝对会成为世人的笑柄。他——不想被嘲笑。

嘉兵卫甩开犹豫，狠下心来——开枪了。

他感觉命中了。

然而鹿一动也不动。还是老样子，伫立在原地。

这时——

嘉兵卫也不安起来。

他掏出为了以防万一、平素都带在身上的唯一的黄金子弹，并在上头绑上具有驱魔效果的艾草，认为现下就是那千钧一发的危急时刻，击发出去。

命中了。

然而鹿依旧一动也不动。

——太奇怪了。

这再怎么说都太离奇了。因为太可疑了，嘉兵卫提心吊胆地靠近。即使嘉兵卫走近，鹿也没有逃走，一动也不动地待在原地。在近处仔细一看——

原来那是一块鹿形的岩石。不是雕刻的，而是天然岩石，因此应该说是肖似鹿的岩石吧。

嘉兵卫在山里生活了几十载，居然把石头误认为鹿，这是难以想象的事。一定是魔障所为。

“唯有这时，我心想这打猎的行当，实在不能再继续下去了。”

嘉兵卫老翁这么说。

三十二

千晚岳的山中有沼泽。

沼泽所在的地方是一座山谷，弥漫着极浓烈的腥臭味。

闯入这座山而能归来的人少之又少。

从前有个猎人叫某某隼人。隼人发现白鹿，追着它来到这座山谷。隼人为了猎得白鹿，在这座山谷藏身了一千个夜晚，等待鹿现身。传说千晚岳这个名字，就是来自于这段逸事。

大概就在第一千天，隼人射到了白鹿。但白鹿没有死，而是逃走了。

鹿逃到下一座山，折断了一只脚。

鹿遁逃的山后来叫作片羽山，就是这个典故。

鹿拖着断肢，继续逃到下一座山，死在那里。

鹿死去的地点，成了“死助”这个地名。这块土地祭祀的神明“死助权现”，就是这头白鹿。

隼人的子孙现在依然在世。

九十一

远野镇上，有个绰号叫鸟御前的人。

他原本是南部男爵家的鹰匠，精通远野近郊群山。早池峰、六角牛两山的树木、岩石、地形等，从形状到位置，他无一不了如指掌。这个人也是人类学家伊能嘉矩（*译注：伊能嘉矩〔一八六七——一九二五〕，人类学家、民俗学家。对台湾原住民研究留下许多成果。并研究故乡远野地方的历史、民俗等，为远野民俗学之先驱*）的朋友。

这是他晚年的遭遇。

鸟御前带着朋友到山里采菇。朋友是个熟悉水性的高手，能带着稻草和槌子潜入水中编好草鞋再浮上来，就像变魔术一样，非常有名。

两人从分隔远野市区和猿石川的向山上山，来到绫织村的续石这块外形古怪的奇岩所在地。

爬到续石稍上方处之后，两人分头行动，各自进入山里。

鸟御前决定一个人再上山一段路。

当时的时刻，秋季天空的日头恰好落在距离西山稜线四五间的位置。

鸟御前也不是刻意想看什么。

他不经意地一瞥。

看见某块大岩石后方站着一对红脸男女。

男女似乎正在谈话。

鸟御前觉得遇到了怪东西。红脸男女发现鸟御前靠近，张手做出推回去的动作。看起来像制止的手势，是在叫他不要过去吗？

鸟御前不理会，继续前进。

结果女人挨向男人的胸膛。

从状况来看，鸟御前觉得那不可能是真的人。他认为或许是某种妖物变成的。鸟御前这个人为人轻佻，想到可以戏弄他们一下，便抽出腰间锋利的小刀，作势要砍。

结果红脸男抬脚，踹了鸟御前。

瞬间，鸟御前整个人变得神志不清，不知道接下来发生了什么事。

和他一起上山的朋友发现他昏倒在谷底。

朋友发现鸟御前不见了，感到疑惑，四处寻找，往谷底一看，整个人吓坏了。因为鸟御前是个精通山林的人，朋友不相信他怎么会坠谷？朋友急忙下谷，确定鸟御前还有呼吸，把他搀扶回家。鸟御前身上毫发无伤，不像是从悬崖摔落的。

鸟御前把事情始末告诉朋友和家人，然后说：

“我从来没有遇到过这种事。也许我会因此丢了性命。但千万不要告诉别人。”

他禁止别人把事情说出去。

后来鸟御前就害了病，躺了三天后死了。

鸟御前死得太离奇，家里的人极为讶异懊恼，最后找了一个叫权光院（*译注：原文为“ケンコウ院”〔kenko—in〕，无汉字*）的山伏（*译注：修验道的行者，在山中修行，也称修验者或验者*）请教。结果山伏回答：

“鸟御前因为打扰了山神游戏，遭到报应而死。”

这是距今十多年前的事。

一百零七

上乡村有一户人家，家号河缘。

就在早濑川的岸边。

这户人家的年轻女儿某天到河边捡石头，碰到一名陌生男子走过来。

男子给了女儿树叶等东西。

那人身形高大，面部鲜红，就像涂了朱漆一样。

据说从那天开始，女儿突然领会了占卜之术。

那异人应该是山神。

而女儿成了山神的孩子。

一百零八

许多地方都有自称山神附身，而能行占卜之术的人。

附马牛村也有这样的人，那个人的本行是樵夫。

柏崎的孙太郎也是自称山神附身的人之一。

据说孙太郎从以前就偶尔会发疯，或丧失神智。意思应该是他会毫无理由地突然失控，或失去自我，茫然若失。

据说他有一次上山，得到山神授予的某些法术，从此以后，便不可思议地能读出人心。

这读心之术神准出奇。

而他的占卜之法，也和世上众多的占卜师作法截然不同。

孙太郎不看任何书籍，也不使用道具。

只是和前来委托占卜的人闲话家常。

但说到一半，孙太郎会突然站起来，开始在起居间里走来走去。他一面徘徊，看也不看委托人，只是把浮现心头的想法说出口，就这样而已。

而他说的话一定都会成真。

譬如他会说——

“撬开你们家的地板，挖开底下的地面，应该会挖到古镜或断掉的刀子。如果不把它拿出来，近日之内必有人死。要不然就是屋子会烧掉。”

委托人回家后，照着他说的挖掘地板下的土地，果然会找到他所说的东西。这样的例子，十只手指头都数不完。

二十九

鸡头山是矗立于早池峰前方的峻峰。

山脚下的聚落也把这座山称为前药师。传说山上住着天狗。

也许是因为如此，即使是想要攻顶早池峰山的人，也绝对不会想要爬上这座鸡头山。人们是害怕天狗吧。

山口有一户家号为羽都（译注：原文为“ハネト”〔haneto〕，无汉字）的人家，家长是佐佐木祖父的竹马之友，但他是个极无赖的人。他会拿斧头割草，用镰刀挖土，总之就是离经叛道，老是乱来。同时膂力过人，年轻的时候，成天胡作非为。

这羽都家的家长，有一次跟别人打赌要一个人登上前药师。

羽都家的家长轻易地上山，然后一眨眼就下山了。

虽然他赢了赌注，却有些不太对劲。再说，不管脚程再怎么快，这未免也快过头了。因此旁人质疑他是否真的爬到了山顶，羽都家的家长说，他确实爬到山顶了。

家长说，前药师的山顶上有块大岩石。

岩石上有三名巨汉围坐成一圈。

巨汉的前方——圈子的中央摆了许多金银财宝。

三人发现家长靠近，全都脸色大变地转过头来。

他们的眼光极为锐利，而且神情非常骇人。

即便家长是个无赖，也为之丧胆。他支支吾吾地辩解说：

“我是要去早池峰的，但不小心迷路跑到这里来了。”

结果巨汉说：

“那么我送你。”

接着领头开始下山。家长也拼命追赶。然后不知不觉间，一眨眼就来到了山脚附近。这时巨汉说：

“捂住眼睛。”

羽都的家长照着吩咐闭上眼睛，在原地站了一会儿。

但闭上眼睛的那一瞬间，异人似乎就消失不见了。

九十

松崎村有座山叫天狗森。

村里有一名年轻人到天狗森山脚附近的桑田工作。

日头还高挂天顶，年轻人却不知为何昏昏欲睡起来。

神志开始混沌不清，这样下去工作也不会有进展。年轻人觉得就算不上床或躺下，坐下来打个盹儿应该也能清醒一些。

因此他便在田埂坐下，假寐一会儿。

正当他昏昏沉沉就快睡着时，忽然冒出一个面色鲜红，身形极庞大的男子。陌生男子站到就快睡着的年轻人眼前，从上方俯视。

年轻人因为睡眠被打搅，感到生气。

他并不是什么坏脾气的人，反而为人随和。不过他平日就喜欢玩相扑，动不动就想找人相扑。

年轻人揉揉困倦的眼睛，仰望，那张红脸正俯视着自己。

看了就讨厌——年轻人想，站起来问：

“你是谁？从哪来的？”

但男子不答话。年轻人更为光火。他凭恃自己力气大，想要狠狠地把对方推开，便扑了上去，没想到才刚抓住对方——

反倒是自己被弹开，昏了过去。

一直到了傍晚，年轻人才又醒转过来。

当然，巨汉已经不见了。浪费了一天的年轻人就这样回家，把事情告诉家人。

就在这年秋天。

许多村人牵着马，到早池峰山的半山腰去割萩草。正要打道回府的时候，村人发现那个年轻人不见了。因为人突然消失，众人都很惊讶，认为他躲起来了，四处寻找，却遍寻不着。继续扩大搜索后，发现年轻人竟死在山谷深处。

尸体的手脚各被扯下一只。

这是距今二三十年前的事，也有些老人对当时的事还记得很清楚。

天狗森住着许多天狗，这件事从以前就广为人知。

六十二

这也是和野的嘉兵卫老翁的经历。

有一天，嘉兵卫老翁追捕猎物，竟不小心在山里待到了入夜。四下已是一片昏黑，来不及搭小屋了。嘉兵卫老翁没办法，只好挨在一棵大树下，用除魔的“三途绳”在自己和树木周围绕了三圈。三途绳是埋葬的时候用来绑棺桶的绳索，据说是连接此世与彼岸的绳索。名称应是来自于彼岸的三途河。

做好除魔仪式后，嘉兵卫老翁抱着猎枪坐下，以便随时可以开枪，然后他开始假寐。

山里的夜静静地深了。

深夜时分。

嘉兵卫听见声响，睁开眼睛。

结果看见一名僧人打扮的巨汉，像翅膀一样拍动着鲜红的衣裳，朝嘉兵卫靠坐的大树树梢覆盖上来。

嘉兵卫是个知名的神枪手。

看我的！——嘉兵卫开枪射击。

不知道是命中了还是落空了，红衣大和尚拍动着衣物，往空中飞去了。

事后嘉兵卫表示，说到他当时的恐惧，真是无以名状，完全是超自然的体验。

三番两次在山中有不可思议的遭遇，每次嘉兵卫都在内心发誓再也不干猎人这行了。他甚至一度向祖神发愿。

但每次他都回心转意，结果一直打猎到年老体衰，再也动不了为止。嘉兵卫常向人说，即使上了年纪，还是抛不掉猎人的罪业。

三十三

据说在白望山过夜的人，会在深夜时分看见四下一片幽光。秋季有许多人上山采菇，夜宿山中，常会碰到这种现象。

此外，还会听到山谷另一头相当遥远的地方，传来巨木被砍倒般的声响，或是有人唱歌的声音。

这座白望山不知何故，其大小无法测量。就连熟悉山林的人也会误判，是一座神祕的山。

五月左右上山砍茅草时，可以看见远方有座开满了桐花、美丽绝伦的山。据说那景色美到令人着迷，心想那就是所谓祥云缭绕的名峰。但不管再怎么走，就是走不到那座山。甚至都无法靠近。

从前，有个人一样进入白望山采菇。

结果在白望山的深处发现金子打成的导水管和长柄勺。

他想要把它们带回去，但两样东西都重得不得了，甚至无法拿起来。

他也试着用镰刀刮下一点碎片带回去，但甚至削不动半点。那人没办法，想要回去准备工具，带人手过来，便削掉树皮，露出白色的部分做记号，然后离开了。

隔天他带了几个人再次上山。

但是不管怎么找都找不到。无论如何搜寻，甚至连做了记号的树木都不见踪影。不管往哪里走，都只是愈来愈深入山林，结果一行人一无所获，只得下山。

六十三

小国村的三浦这户人家，是村里首屈一指的有钱人。

但据说直到两三代以前都还极为穷困，与现在是天壤之别。而且当时这户人家的妻子是个脑袋有些迟钝的愚妇。

某一天。

三蒲家的妻子出门采款冬。

在远野一带，每户人家都有“门”。

门是“川户”的简称，指的是家门前的河边汲水洗碗盘的洗涤处。三浦家的妻子就沿着这门前的小河寻找款冬，不断地往上游走去。

没看到什么漂亮的款冬。

妻子为了采集漂亮的款冬，渐渐远离村庄，闯入了溪谷深处。

忽然定睛一看。

眼前有一座雄伟的黑门，门内一样是一幢雄伟的大宅。

妻子感到奇怪。虽然觉得怪，但因为她脑袋有些迟钝，因此也没起戒心，受好奇心的驱使，进了那门。

穿过大门后，是一片偌大的庭院。庭院开满了红白花朵，许多只鸡在此徜徉。妻子看了好半晌，对那景象看得呆了，然后穿过庭院，绕到建筑物后面。

屋后有一座大牛棚，挤了好几头牛。也有马厩，养了许多毛皮亮丽、体格精壮的好马。

但——

不见人影，也没有人的声息。

妻子四处察看，最后从玄关进了屋子。

她进入和室，打开纸门查看隔壁房间，那里摆了一整排看起来很高级的红漆与黑漆膳台，膳台上放着看起来同样很高级的木碗。

内厅摆了火钵，铁瓶里的水正在沸腾。

然而却不见人影。妻子看遍屋内，却连个影子也不见。

到了这时，妻子总算怕了起来。

这会不会是山人的家？一想到这里，妻子突然怕了，急忙冲出屋子，逃回家去。妻子把她的遭遇细细讲述给家人听，却没有人相信她。

后来过了一段时间。

妻子前往自家洗涤场洗东西时，看见有个红色的东西从上游漂了过来。远远地看去就是个漂亮的玩意儿，妻子便把它捞起来。仔细一看，是一只美丽的红漆碗。

是个非常高级的碗。不过好归好，不能在家里用。如果把河里捡到的东西拿到餐桌上，可能会被老公骂脏。但又舍不得丢掉。

这时妻子心生一计。

她决定把碗放进米桶里，拿来量米。

她觉得这样就不会有人说话了。

然而开始用这碗量米以后，不可思议的是，米完全没有减少。不管再怎么舀，米都不会见底。家里的人也不禁起疑，质问妻子。

这时妻子才说出她用河里捡到的碗舀米的事。

从此以后，三浦家便富裕起来。开始用这碗以后，三浦家接连碰上好事，得到了现在的富贵。

在远野，把山中不可思议的家称为迷家（*译注：原文为“マヨイガ”〔mayoiga〕，无汉字*）。

意思是迷失而误闯的人家吗?

迷家不是想去就去得了的。但据说若是能碰到迷家，是莫大的幸运。找到迷家的人，最好把屋中的东西带回来。至于带回来的东西，不管是家具还是家畜，什么都行。据说这么一来，就能得到幸福。

迷家是异界的家，为了赐予巧遇的人幸运而出现。至于为何能遇见、由什么来决定、什么样的人才能得到幸运，就不得而知了。

迷家就是这样的东西。

三浦家的妻子没有贪念，并未从迷家带走任何东西。村里的人说，就是因为这样，碗才会主动漂到她的面前。

六十四

金泽村位于白望山的山脚。它在上闭伊郡中也算是人迹罕至的深山，往来的人不多。

六七年前，这座村子有名男子入赘到枥内村一户姓山崎的人家。

男子回老家的时候，在山中迷路，碰到了迷家。屋舍的模样及牛马，还有饲养许多只鸡、盛开着红白花朵这些细节，与三浦家的媳妇看到的如出一辙。

男子也从玄关进了屋内。

有个大房间陈设着膳台和碗，和室有地炉，上面放着铁瓶，里面的水滚滚沸腾，看起来就像正准备泡茶的样子。男子四处查看有没有人，却空无一人。他觉得茅房那里似乎有人的动静，但结果还是没遇到人。

男子好半晌只是发呆，但渐渐地怕了起来，离开那户人家，折回来时的路。

他不晓得走了多远，没多久来到了小国村。

小国村的人听到男子的话，只是一笑置之，没有人当真。

但岳家栃内山崎家的人断定说：

“那一定是迷家。”

然后说：

“再去一次那里，拿回膳台或碗，就可以让家运好转，成为富翁。”

他们要女婿领头，一起进入深山。

一行人在山中徘徊，总算来到类似的地方。

女婿说：

“大门应该就在这里。”

但那里什么都没有。

放眼望去，空无一物。只是一片山中风景。

山崎家一行人无法可施，只得空着双手，徒劳地下山回家。也没听说过那山崎家的女婿后来成为富翁的事。

八十六

土渊村的中央，有村公所和小学的地方叫作小字本宿。

本宿这里有个开豆腐店的男子阿政，现在应是三十六七岁的年纪。当时阿政的父亲患了重病，已经病危。

刚好那个时候。

小乌濑川外的邻村下栃内有人家在盖房子，正在打地基，需要许多人一起夯实、匀平地面。

傍晚时分，阿政的父亲一个人出现在工地。

他热情地向众人寒暄，然后说：

“我也要来夯地。”

然后大伙一起工作了一段时间。

天色变得昏暗了些，这天的作业结束，他和其他人一起回去了。

没有人起疑。

与他道别后，有人想到了。

这么说来——那个人不是生病了吗？而且病得很重不是吗？

工人都觉得有些奇怪。

他们各自回家后，接到了讣闻。

细问之下，才知道过世的时间是今天。

工人都惊讶地前往阿政家吊唁。他们志哀，并把这天发生的事告诉阿政，发现病人咽气的那个时刻，刚好是开始打地基的时候。

八十七

名字已经忘了。

是远野镇上的名门世家。

那里的主人害了重病。家人悉心照料，仍徒劳无功，病人没有康复，一直在生死关头徘徊，日渐衰弱。病人即将危笃，接到通知的亲朋好友都来到家里。

就在这时候。

病人忽然出现在菩提寺（*译注：家族皈依，并有历代祖先墓地的寺院，一族皆在此举办葬仪、法会等*）。

和尚大吃一惊，郑重迎接，奉茶，等等，闲话家常了一会儿。

但是看到病人起身要回去的样子，和尚起了一丝疑惑。

有点蹊跷。

病得那么重的人，不可能无人陪伴，一个人来寺院。和尚因为担心，吩咐小和尚跟上去，确实目送他回家。

那人很平常地走出寺院大门，步伐稳健地往回家的方向走去。小和尚跟在后面，但进入镇上，拐过第一个转角后，就跟丢了人。

但路上有许多人见到他，也有好几个人看到他在街上行走的样子。据说他一一向碰到的每一个人打招呼，与平日——不，与他健朗的时候毫无二致。

当然，那个人根本没有外出。他的病重到根本无法下床行走。不，他根本就已经奄奄一息了。

当晚那个人就过世了。

菩提寺的和尚接到通知，纳闷不已。

白天来访的那个人究竟是什么人？是所谓的“生灵”吗？还是幻觉？但生灵或幻觉会喝茶吗？

和尚为了确定那个人实际上到底喝了茶没有，检查他放茶杯的位置，发现茶全部泼洒在榻榻米的缝里了。

八十八

这也是类似的情节。

土渊村大字土渊的常坚寺，是曹洞宗（*译注：日本禅宗之一，开山祖师为道元*）的寺院，也是远野乡十二寺的“触头”。触头是旧幕府时代负责居中与寺社奉行（*译注：江户时代的官职，负责管理神社、寺院及相关事务*）交涉的寺院，可以视为该地方的寺院统领。

某天黄昏，一名村人在从本宿过来的途中，遇上了一名老人。

村人知道这名老人很久以前就患了重病，因此问他到底是什么时候康复的？结果老人回答：

“哦，这两三天觉得舒服些，今天要去寺院听说法。”

两人结伴走到寺院大门，在常坚寺前道别了。

因为一直病重卧床的信徒忽然来访，常坚寺的和尚也急忙出迎，请他入内，招待茶水。

两人聊了一会儿后，老人回去了。

和尚并不觉得哪里奇怪，但同样因为担心老人的身体，命令小和尚尾随。

但才一走出大门，老人就不见了。就算病好了，老人也不可能跑回去。真正就像是烟雾一般，倏忽消失了。

小和尚大惊，详细报告给和尚。

仔细一看，客人的茶水都泼在榻榻米上了。

老人同样是在那天过世的。

九十七

饭丰有个叫菊池松之丞的人得了伤寒。伤寒是中医里急性发热的疾病。

松之丞好几次陷入呼吸困难，痛苦万分。就他在喘不过气的时候——

人来到田里，准备前往菩提寺的青笹喜清院。

松之丞觉得很急。得快点去才行，虽然不知道为什么，但自己没有时间了——

焦急的心情让他忍不住脚下使劲。

结果——松之丞竟飘了起来。

每走一步，就像要飞起来似的浮起，一直浮到约人的头部高度，然后渐渐往前栽似的下降。但只要稍微使劲，身体又像一开始那样飘起。

那真有说不出的舒畅。

松之丞心情愉悦地前往菩提寺。

来到寺门附近，他看到门前聚集了一大群人。咦，是有什么活动吗？松之丞讶异地穿过大门。

结果——放眼望去，寺院内开满了红色的罂粟花。花开遍地，无边无际。松之丞看着看着，心情愈发愉悦了。

那片花海中。

站着父亲。

松之丞的父亲早就过世了。父亲说：

“你也来了吗？”

松之丞不知道该怎么回答，但因为觉得舒服，便随口敷衍了几句，继续前进，结果碰到幼时便夭折的儿子。

“爸，你也来了吗？”

儿子说。

多怀念啊。失去了你，我不晓得有多么心痛。

“原来你在这种地方。”

松之丞说，想要走近儿子。

但儿子说：

“你还不可以来。”

这时，大门外传来呼叫松之丞的吵闹声。

很吵。我好不容易与儿子相聚，还见到父亲了，这么舒服，干吗要来妨碍我呢？真是烦死人了。

却又觉得情非得已。

松之丞的心情顿时变得千斤重，老大不情愿地折返，结果——

他忽然恢复神智了。

原来他正发着高烧，呼吸不顺，失去意识。

亲戚们都围绕在他身边，在他身上洒水，呼喊他的名字，总算把就要踏入另一个世界的松之丞给唤了回来，让他活下去。

二十二

这是佐佐木的曾祖母过世时的事。

曾祖母并未生病，据说年事已高，应是老衰死亡。

亲戚齐聚本家，将遗体纳入棺材。按这个地方的习俗，并不会所有的人都醒着守灵一整晚。当晚亲戚全在大厅一起入睡。

故人的女儿——佐佐木祖父的妹妹因为脑袋有问题，被休了妻，回到娘家来。精神虽然有问题，但也不会莫名其妙闹事，因此她也在大厅和亲戚一起休息。

按远野一带的风俗，忌讳斋戒期间让火苗熄灭。因此在丧期结束前，必须顾好炉火。

所以佐佐木的祖母和母亲一起轮流顾火。两人整晚不睡，顾好地炉里的火，以免熄灭。

佐佐木的祖母和母亲在大地炉的两边面对面坐着，母亲把炭笼搁在自己旁边，偶尔添上木炭，好让火苗持续不断。

山村的夜晚十分寂静。久久才传出一两声炭火迸裂的声响。

然而这时却传来脚步声。抬头一看——

后门。

站着死人。

不管怎么看，那都是过世的老妇人。佐佐木的曾祖母生前佝偻得很厉害，走路的时候和服衣摆都会在地面拖行，因此她会捏起衣摆两端，折成三角形缝在前面。

就连这些地方都分毫不差。

身上的条纹和服也有印象。

那就是过世的老妇人没错。

死人进入家里来了。

佐佐木的祖母和母亲既不惊讶，也不害怕。不，她们甚至无法惊讶或害怕。她们连惊吓都来不及，死人就这样进入家中，经过两人顾着的炉火旁。

经过的时候。

死人的衣摆碰到了小炭笼。

炭笼滚了几圈。

佐佐木的母亲胆识过人，没有惊慌失措，目光从旋转的炭笼移开，追赶死人的背影。

死人慢慢地朝亲戚睡觉的大厅走去。

啊，这样下去，她会进去房间。

那是死人啊——

就在母亲这么想的时候。

“奶奶来了！”

刺耳的叫声响遍整栋屋子。是那个疯女人叫的。那声音惊醒了众人，顿时闹得鸡飞狗跳。

趁着这混乱。

死人不知不觉间不见了。

当然，遗体一直在棺材里。

这件事让人联想到梅特林克（*译注：梅特林克〔Maurice Polydore Marie Bernard Maeterlinck，一八六二—一九四九〕，比利时剧作家、作家，诺贝尔文学奖得主*）的作品《侵入者》。

二十三

这是佐佐木的曾祖母过世第十四日的逮夜——出殡前晚的事。

亲朋好友聚集在佐佐木本家，一直诵经到深夜，为故人祈福。因为明天还有得忙，便暂时结束，各自离屋踏上归途。结果——

门口的石头坐着一名老妇人。

因为面朝另一边，看不到脸。但那个背影完全就是过世的老妇人。

许多人都看到了。

因此没有人怀疑。

这些现象是幽灵吗？如果是，故人究竟是有什么遗憾，才会像这样现身呢？终究无人知晓。

九十九

土渊村的副村长北川清，家在小字火石。

北川家代代都是山伏，清的祖父自称正福院。据说这个人也是个学者，留下许多著作，也为村子做了许多事。

清的弟弟福二入赘到海边的船越村田滨。

但去年的大海啸让他一口气失去了妻儿，房子也被冲走了。福二和幸存的两个孩子在原地盖了小屋，在那里生活了约莫一年。

事情发生在初夏。

据说当时是个月夜。

福二想要上大号，起床离开小屋。因为是临时小屋，茅厕在很远的地方，而且必须经过一段很长的海滩，才能走到茅厕。

月光清朗，但海面笼罩着一层雾。脚下也一片模糊，是个如梦似幻的夜晚。

他听着浪涛声走着，看见雾中浮现一个朦胧的人影。影子渐渐靠近福二，很快地轮廓变得清晰。

那影子是一对依偎的男女。

福二怀疑自己眼花了。

因为女人怎么看都是死在大海啸里的妻子。

这不可能。

而和妻子在一起的男人，似乎是福二入赘以前妻子的心上人。福二听说过，那人与妻子同村，两人情投意合，心心相印，如果福二没有入赘，两人也许已经结为连理了。

但那个男子应该也已经死在海啸里了。

两个都是死人。

福二茫然若失，任由两人走过，然后转念追赶上去。因为他想——也许妻子还活着。

福二跟踪两人，走了老远，一路走到通往船越的海角。两人走到海角的洞窟时，福二扯开嗓门呼叫妻子的名字。

他一叫，两人便停下脚步，回过头来。

果然是妻子。

妻子看到福二，也不惊讶，说：

“我——现在和他是夫妇。”

这太荒唐了，福二想。

“你太自私了。你就不爱自己的孩子吗？”

听到这话，妻子稍微变了脸色，然后哭了。

听得到声音，看得到人，还能够对话，完全就是活人，因此福二悲伤极了，并感到窝囊透了。因为太不甘心了，他垂下头去，盯着自己的脚，结果妻子和男子快步离开了。两人走上通往小浦的路，绕进山背，很快就不见了。

福二追了一段路，罢休了。

因为他想起来了。

妻子已经死了。

他们两个不是活人，是死人。那么自己又能如何？活着的话姑且不论，但他不能连死后的事都要干涉。死者也不可能跟生者一起生活。

自己——是在跟死人说话。

因为看得太清楚，听得太清晰，所以不觉得是在跟死人说话，如此罢了。

福二千头万绪地在路旁站到了天明，早晨以后才回家。

听说后来福二病了很久。

一百零六

陆中海岸的山田，每年都可以看到海市蜃楼。

看到的多半是外国的景色。

是陌生的城市情景，路上有马匹和马车络绎不绝，行人也川流不息，令人瞠目结舌。

据说那里看到的建筑物外观每年都一模一样，毫无二致。

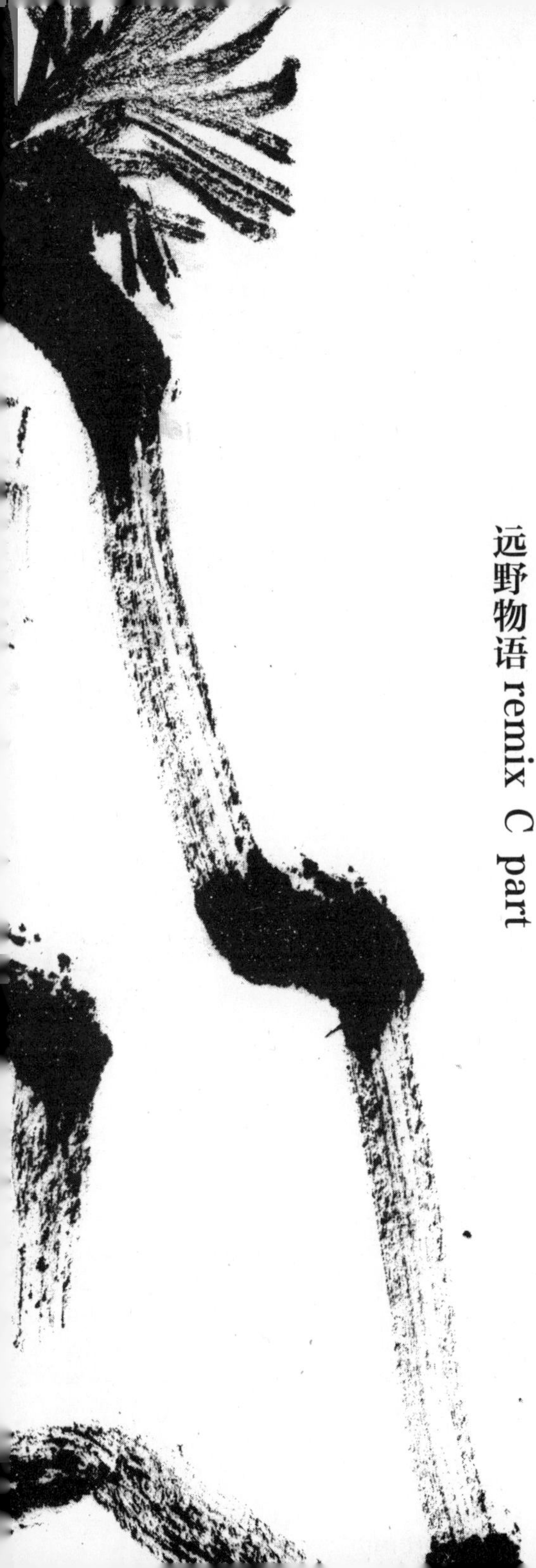

远野物语 remix C part

序（四）

仔细想想，这类书籍在现代应该不为人所喜。起码肯定不会风行于世。即便印刷技术日新月异，出版书籍变得容易，写下这种书，披露自己狭隘的嗜好兴趣，不仅如此，还将之出版，强迫他人一读，也许会有人将之视为一种蛮横。

确实如此。但是对于这样的意见，我（柳田）想要这么回答：

听到如此奇妙的传闻故事，并且造访过如此魅力十足的土地，世上真有哪个人能够不把这番所见所闻告诉别人吗？至少在我的朋友里面，没有一个人能如此寡言，谨守沉默。

比方说，若是将这本书当成故事集，应可归类为《今昔物语集》（*译注：完成于一一二〇年以后的平安时代，为日本规模最大的故事集，编者不详，收录印度、中国及日本的佛教及世俗故事*）的系谱。但是相当于九百年前的前辈的《今昔物语集》，在记录下来的阶段，“今”即已经是“昔”——也就是过去的故事了。相对于此，这本《远野物语》记录的却是当下发生的事、现在的事。

论到对神佛的崇敬，或是对信仰的虔诚，本书应无法凌驾于《今昔物语集》。因为《今昔物语集》是佛教说话集，而本书并非那种性质的读物。

但本书所记录的故事，全为鲜为人知，并非脍炙人口的稀谈奇闻。在并未讲述给众多人聆听，也极少被记录下来这一点上，本书远远超越了《今昔物语集》里收录的故事。即便是那位淡泊天真的宇治大纳言（*译注：据传《今昔物语集》的作者为宇治大纳言源隆国，或是鸟羽僧正，众说纷纭，未有定论*），也值得他超越九百年的时光，前来此地聆听。

另外。

近年有许多标榜现代御伽百物语（*译注：御伽是广义上用以排遣无聊的各种故事。百物语是日本传统怪谈会的形式，一群人轮流讲述怪谈，据说当说完一百则时，即会有怪异发生。收录此类怪谈的书籍亦有许多，宝永三年〔一七〇六年〕的《御伽百物语》是其一*）、热衷于怪谈故事之辈，但他们多半是一些抱负低贱鄙陋之人。在那类场合讲述的怪谈，完全不能保证并非胡诌捏造的妄诞虚言。若读者认为本书就类似于那些怪谈——满纸谎言的怪谈之类，那么我窃以为耻。

简而言之，本书既非《今昔物语集》那类遥远往昔的故事，也非这年头盛行的怪谈那类虚妄之说。

它们全是现在在远野被传述，而且被视为事实的故事。

即使仅看这一点，我也相信它不折不扣值得存在。

不过告诉我这些的镜石子,年方二十四五,而我也仅仅长他十岁，仍属后生晚学。

若有人指责生在今日国事如麻、苦难多端的时代，却不识时务大小轻重，徒然将一己之力浪费在无益之处，我无可反驳。并且，若有人批判纵然远野的传说故事再怎么耐人寻味，却像明神山的雕鸮那样竖起耳朵遍地打听，瞪圆眼睛四处观察，此种极端之举叫人摇头，我还是无可反驳。

无论如何，责任都在我身上。毕竟不管再怎么夸张地宣扬远野的魅力，也只会惹来森林里的猫头鹰讪笑。

不飞不啼似老翁
远方森林之鸱鸺
想来亦要笑我痴

一百一十五

在远野，民间故事称为“从前从前”。

这许多的从前从前里，山母（译注：原文为“ヤマハハ”〔yamahaha〕）的故事占了最多。

山母应该就是其他地区所说的山姥。

这里谨记下一两则山母的民间故事。

一百一十六

从前从前。

某个地方有一对父母。两人有一个女儿。

一天，两人必须留下女儿前往城镇。

“听好了，不管谁来，都不可以开门。”

两人牢牢叮嘱，锁上门后，到镇上去了。

女儿一个人留在家里，虽然外头天光正亮，却感到寂寞、害怕，因此缩着身体，在地炉旁烤火。这时有人敲门大喊：

“开门！”

大白天的，应该不是小偷，但有些奇怪。叫门声愈来愈激烈，还说：

"不开门，我就把门踹破！"

女儿没办法，把门打开了。

进来的是山母。

山母大步走进家里，叉开腿站在地炉旁的主座烤火，说：

"煮饭给我吃。"

女儿无奈，听从山母的话准备餐点，递给山母。然后趁着山母吃饭的时候，偷偷溜出家里逃走了。

山母吃光了饭，发现女儿不见了，立刻追了上来。

山母跑得很快，一下子就缩短了和女儿的距离，伸出去的手就要够到女儿的背了，这时——

女儿在山阴处碰到了砍柴的老翁。

"山母在追我，请让我躲起来。"

女儿恳求说。老翁答应了，女儿便躲进高高堆起的木柴之中。这时山母追了上来，四下张望，发现木柴堆，便说：

"人躲到哪去了？"

然后抱起木柴想要挪开。但也许因为太贪心，一次抱起太多木柴，重心不稳，脚下一滑，就这样抱着木柴滚下斜坡去了。

女儿趁机逃走了。

跑了一会儿，这次遇到在割茅草的老翁。

“山母在追我，请让我躲起来。”

女儿又恳求，躲进高高堆起的茅草中。这时山母追了上来，看见茅草堆，便说：

“人躲到哪去了？”

然后抱起茅草想要挪开，又一个踉跄，抱着茅草滚下斜坡去了。

女儿又趁机逃走。

跑了一段路，这次来到一片大沼泽旁。

没有路了。女儿走投无路，只好爬到沼泽岸边的大树上，在树梢缩起身体，这时山母追了上来，说：

“不管你跑到哪里，我都不会放过你！”

然后在沼泽周围找了起来。

山母在沼泽的水面看见在树上发抖的女儿的倒影，以为逮到人了，就跳进沼泽里。

女儿趁机爬下树，又继续逃跑。

离开沼泽跑了一段路，看见一间竹子搭成的小屋。

看看小屋里面，只有一个年轻女人。女儿进了小屋，说了跟刚才一样的话，恳求女人藏匿她。女人答应了，女儿便躲进石棺里。

这时山母又冲了进来。

然后逼问女儿哪去了。年轻女人隐瞒女儿来过的事，回答说不知道，但山母不信，说：

“不，她一定在。有人的味道。”

女人装傻说：

“因为我正在烤麻雀吃。”

山母这才接受，说：

“那我要睡一下。”

好巧不巧，这处小屋居然是山母的家。山母说：

“睡石棺好呢，还是睡木棺好？”

她犹豫了一下，说：

“石头冰凉，睡木棺好了。”

话一说完，便钻进木棺里睡了。

女人见山母睡着，便锁上木棺，把女儿从石棺里放出来，说：

“其实我也是被山母抓来的。我们一起杀了山母，回村子去吧。”

两人想出一计，先把锥子烤得火红，刺穿木棺，开出一个洞。

山母完全没发现，只问：

“是老鼠吗？”

两人接着煮了一大锅滚水，倒进锥子开的洞里，把山母烫死了。年轻女人和女儿一起回到村庄，顺利返回各自的父母身边。

在远野，从前从前的最后一定会以“这下皆大欢喜”来做结。

这下皆大欢喜。

一百一十七

从前从前。

也是某个地方，住着一对父母和女儿。

女儿即将出嫁，为了准备婚事，父母到镇上去买东西。为了避免出门时出事，父母牢牢地锁上了门，严厉叮嘱女儿不管谁来都不能开门。听到女儿从屋内回答“好”，两人便上街去了。

中午时分，山母上门，把女儿吃掉了。

山母剥下女儿的皮披上，假扮成女儿等待父母回来。到了傍晚，父母买完东西回来了。两人在门口呼唤女儿的名字：

“织子姬子（*译注：原文为オリコヒメコ〔orikohimeko〕。名字虽不相同，但本则故事形式极类似民间故事“瓜子姬”*），你在家吗？”

屋里传出回应：

“啊，我在。回来得真早。”

父母放下心来，为了看到女儿开心的表情，把置办的各种婚仪用品一一拿给她看。

这天晚上，三人就这样睡了。

隔天早上天刚亮，家里养的鸡就振翅啼叫：

“快看糠舍的角落，咕咕！”

父母疑惑：咦？这叫声跟平常不一样，好古怪。但比起这件事，为女儿准备婚仪更重要，因此不予理会，两人替山母假冒的女儿换上嫁衣，让她上马。就要牵马出发时，鸡又啼叫了。鸡的叫声听起来像是在说：

“马上的不是织子姬子，是山母，咕咕！”

咦？这叫声更奇怪了。父母竖起耳朵细听，鸡歌唱似的不停地啼叫着一样的内容。这时父母也总算发现真相，两人把山母从马上拖下来杀死了。

然后两人到糠舍的角落一看，发现散落一地的女儿骨头。

这下皆大欢喜。

五十三

郭公和杜鹃在远古时是一对姊妹。

姐姐郭公有一次挖了马铃薯烤来吃。

烤好的马铃薯，姐姐吃了外面硬的地方，把里面柔软的部分给了妹妹。

但妹妹一点都不体谅姐姐的心意，猜忌：

“姐姐吃的地方一定更好吃。”

想到这里，妹妹忍无可忍，拿菜刀刺死了姐姐。

死掉的姐姐立刻变成了鸟，啼叫着：

“钢口、钢口（译注：原文为“ガンコ”〔ganko）。”

然后飞走了。

钢口是这个地方的方言，意思是坚硬的部分。

听到那叫声，妹妹猛然回神，醒悟到姐姐是自己吃掉硬的地方，把好吃的部分留给了自己。

但为时已晚，姐姐已经被自己杀死了。妹妹犯下不可挽回的罪行，无法承受那种懊悔，不久后也变成了鸟。

然后啼叫：

“拿菜刀刺了，拿菜刀刺了。”

在远野，杜鹃叫作“菜刀刺”。

而在盛冈一带，据说杜鹃叫的是：

“飞往何方？”

五十一

山中栖息着形形色色的鸟，其中啼声最为哀凄的，应该就数欧托鸟（译注：原文为“オット鸟”〔otto—tori〕，欧托与日文“丈夫”〔otto〕同音）了。这种鸟会在夏季的夜半啼叫。

从前。

有个富翁的女儿，和别的富翁的儿子交好。

两人一起上山游玩，但儿子不见了。

女儿一直找到傍晚、找到入夜，四处寻找，却怎么也找不到。

女儿不死心，不断地找，最后终于变成了鸟。

这种鸟“欧托、欧托”的啼叫声，就是在呼叫“夫君、夫君”。即使变成了鸟，女儿还是继续在寻找未来的夫君。啼声的尾音沙哑，哀切已极。

据说驮运的人从陆中海边的大槌町越过山岭而来时，经常听见遥远的谷底传来哀切的啼声。

五十二

赶马鸟长得像杜鹃，但要更大一些，羽毛的颜色是带褐的红，肩处有着像马缰绳的条纹，胸口则有嘴套般的花纹。嘴套是用来套马嘴的藤制套具。

从前。

有个富翁家的长工到山上去牧马。要回来的时候，发现少了一匹马。长工花了一整晚寻找，却遍寻不着，终于变成了这种鸟。

这种鸟的叫声为“阿霍、阿霍”，是当地人赶马时的吆喝声。

赶马鸟栖息在深山。也只有在深山能听到它的啼声。有些年头罕见地会有赶马鸟飞到村落来啼叫，这是饥荒的前兆。

一百一十八

在其他土地，有“红皿破皿（*译注：日本民间故事，为灰姑娘型故事。继母把自己的丑陋的女儿取名红皿，将美丽的继女取名破皿〔欠皿〕，欲杀害继女，最终失败，破皿成为贵人之妻*）”的民间故事。情节是坏心眼的继母和女儿想方设法要虐死美丽的姐姐，却再三失败，后来姐姐与贵人成亲，继母和女儿因为做坏事而遭到报应。

远野也流传着类似的民间故事。

在远野，姐姐破皿叫作糠穗。

糠穗应该就是空穗的意思，指的应该是没有果实的空心稻米。

远野的民间故事里的糠穗遭到继母厌恶，吃尽苦头，但受到神明眷顾，最后嫁给了富翁。

这则民间故事有许多美丽的变化情节。

若有机会，我（柳田）想要将它详细记录下来。

二十七

闭伊川发源于早池峰山，流向东北方，从宫古湾出海。它的流域就是下闭伊郡。

远野的城镇有一户人家叫池之端。

这户人家的上代主人去宫古办事回来，事情就发生在路上。

他经过闭伊川的下游，叫作原台之渊的地区。

结果出现一名年轻女子，将一封信委托给主人说：

“远野市街后方的物见山，半山腰上有处沼泽。请到那沼泽去拍个手，收信人就会现身。”

请把信交给那个人，女人说。

上代主人答应了，却总觉得无法释然。要说诡异，确实万分诡异。也许是恶作剧，但这种恶作剧有什么好处？主人无法想象。这件事让他烦恼得不得了。

池之端的上代主人往远野走去，一路上犹豫不决。

结果路上遇到一个从反方向走来的六十六部。

六十六部是巡回日本各地六十六处灵场，供奉《法华经》的巡礼僧，有时也简称六部。

正不知如何是好的池之端上代主人叫住六部，道出来龙去脉，并出示受托的信件。六部毫不犹豫地打开信，看过之后说：

“如果你带着这封信过去，将要遭逢大祸。”

上代主人脸都吓白了。六部说：

“那么，我来替你重书一封。”

接着他取出签纸，写下别的内容，交给上代主人。

池之端的上代主人感激地收下那封信，回到远野。

然后他带着假信，登上物见山。因为他担心万一没有遵守约定，不晓得会有什么后果。上代主人找到沼泽后，照着女人说的拍手。

结果不知道从哪里冒出了一个年轻女人。

女人收了信，道了谢，给了主人一个极小的石臼。

这石臼真正神奇。

只要放进一粒米，转动石臼，底下就会掉出金子粒来。

上代主人非常感谢这样宝贝，每天早上都会恭敬地奉上清水，十分珍惜。因为石臼不可思议的力量，他们家逐渐兴旺起来。

然而上代主人的妻子是个贪婪的人，一点财富满足不了她，有一天她再也忍不住，一次抓了一大把米放进石臼里。结果没有人转，石臼却自个儿转动起来。不仅没有金子掉出来，石臼还转个不停，想要阻止也阻止不了。最后石臼撞到主人供奉的水，水泼洒出来，在地面形成小水洼。

石臼转呀转呀，滑落到那水洼，消失不见了。

只留下了水洼。

水洼成了水池，现在也在那户人家的旁边。

池之端这个家名，便是源自于此。

西方也有类似的故事。

会是巧合吗?

五十四

闭伊川的流域有许多深潭，也有不少骇人听闻的传说。

闭伊川与小国川汇流的地点，有个叫川井的村子。由于地处河流汇合处，应是“川合”之意（译注：川井〔kawai〕与川合〔kawai〕在日文中同音）。

有天川井村富翁家的长工上山砍树。

长工不小心一个手滑，弄掉了斧头。山下刚好是水潭。斧头落下那水潭，沉入水中。

长工脸都青了。

斧头是主人的东西，不是一句弄丢了就可以交代的。

长工辛辛苦苦爬下山，跳进水潭寻找斧头。水潭极深，必须潜入才能搜寻水底。长工从浅滩开始找，但没有收获，便渐渐地往深处前进，结果听见了某种声响。

不是自然的声响。

长工很好奇，往声音的方向走去。

他寻找声音的源头，在岩石后方发现一户人家。

探头一看，内室有个美丽的姑娘正在织布。长工听到的就是织布机的声音。

这时长工怀疑自己眼花了。他原本对那姑娘看得神魂颠倒，这时却发现他掉落的斧头，就立放在姑娘操作的织布机旁边。

“请把斧头还给我。”

长工出声说，姑娘回头。

看到那张脸——长工哑然失声。

那是主人富翁家两三年前过世的女儿。主人的女儿他当然认识。不，他也知道她死了。

应该已经死掉的姑娘说：

“斧头我会还给你，但是你绝对不能把我在这里的事情说出去。如果你保密，我会让你出人头地，不必再替人做工，作为报答。”

长工恭敬地收下斧头，回去了。

不知道是不是因为这个缘故，后来长工似乎交上了好运。

每次长工之间小赌——当地叫“胴引”，他也奇妙地经常赢钱。他无赌不胜，不知不觉间存了一笔小钱。

男子以这笔钱当本钱，又赚了更多钱，没多久就辞掉了工作。他买了块田，变成中等规模的农民，成功地自力更生。

但这个人非常健忘，在水潭见到姑娘的事，也早已忘得一干二净。他没发现自己的成功是得力于姑娘，也忘了姑娘的交代和说好的承诺。

某一天。

男子到城镇的途中，偶然经过那水潭。

然后他忽然想起以前的事。

“这么说来，以前我碰到过这样的事。”

男子在路上把丢失斧头的事告诉了同行的人。

都说悠悠之口难杜，这件事一眨眼就传遍了邻近村落。

就像消息传播的速度之快，好运一下子离开了男人。从这个时候开始，男子日渐走霉运，不久后便散尽了家产，又回到从前的富翁家做长工了。

所有的一切都恢复原状。

据说男子就这样当个长工，日渐衰老。

而主人富翁听到男子的传闻，不知出于什么心态，去了据说女儿所在的水潭好几次，也不知是想要做什么，竟往水潭里倾倒热水。他甚至托人，一桶又一桶地往水潭里倒热水。至于他为何这么做，没有人知道。

当然，据说毫无效果。

二

远野的市街位于早濑川、猿石川这两条南北河川汇聚之处。

据说以前叫作七七十里，会举办盛大的市集，网罗来自七处溪谷各自深入七十里内陆的各色货品。会有上千人马来到远野的市集，热闹非凡。

环绕四方的山中，最高也最美的山是早池峰山。从城镇北方附马牛村的深处，可以远眺它的雄姿。东方则耸立着六角牛山。西边附马牛村与达曾部村之间的石神山，标高比这两座山更低。

据说远古时候有一名女神。

女神有三个女儿。有一次，女神带着女儿们来到这处高原，于现今的来内村伊豆权现神社所在的地点过了一晚。

当晚。

女神对女儿们说：

“今晚谁做了美梦，我就把好山送给她。”

三名女儿满怀期待地入睡了。

结果深夜时分，天上飘下美丽的花朵，停留在睡着的姐姐胸口。应是某种灵验吧。

这时只有幺妹醒了过来，偷看到这景象。

幺妹悄悄地从姐姐胸上偷走了那花，放到自己的胸口。

结果——

幺妹得到了早池峰山。

两名姊神分别得到了六角牛山和石神山。

围绕着远野的三座山，分别住着三名年轻的女神。

换句话说，远野乡是诸神环绕的土地。

据说远野的女人们害怕招来这些女神的嫉妒，现在仍不会去这三座山游玩。

●柳田对于狮子（鹿）舞之歌，没有任何译文，因此［意］为京极之译。

●仅此章将原典中柳田的注释，与京极的补注整理于 ※。

●歌的部分，表记以角川苏菲亚文库版为准。

◇

●撰文时，参考石井彻译注之《全译 远野物语》（无明舍出版）。

尤其本稿仰赖该书甚多。仅在此向石井氏表达谢意。

远野物语 remix ending

序（二）

远野乡应该还有许多这类故事。

若是认真采集，应该不下数百。

我——不，我们强烈地希望能知道更多的故事。

在这个国家，还有许多比远野更要幽深的山村。一定有着无数山神和山人的传说。我——不，我们认为这些传说必须保存下来。如果往后这些传说故事能被记录下来，那么这本书便仅仅是陈胜、吴广——仅是后续类似书籍的先驱罢了。

愿广述其事，

令平地人战栗。

一百一十九

这些歌并非从佐佐木那里听来的，因十分耐人寻味，故附记于书末。

在远野乡，自古便有歌舞“狮子舞”。

虽为自古流传，但历史也非太久远。似乎是于中代——说法很模糊，但应是庆长年间左右——自外地引进来的。这些事村人也都很熟悉。

远野乡代代流传着表演狮子舞时伴唱的歌曲。不同的村子，不同的歌手，歌词和旋律都有细微的差异，而我（柳田）所听到、采集的歌，如同以下所述。

仅依据百年以上抄录下来的见闻录记录之。

橋ほめ

一 まゐり来て此橋を見申せや、いかなもをざは蹈みそめたやら、わだるがくかいざるもの

桥颂

［意］**前来参见这座桥吧。究竟是怎样的猛者**（气势旺盛之人＝富人）**所踩实的桥？来，过桥吧，脱离苦界**（痛苦的无常之世）**之人。**

※ **也许应该解读为“过了此桥，就能脱离苦界”。**

一 此御馬場を見申せや、杉原七里大門まで

［意］前来参见这座辽阔的马场吧。杉原绵延七里之遥，直到大门前。

門ほめ

一 まゐり来て此もんを見申せや、ひの木さわらで門立てゝ、是ぞ目出たい白かねの門

门颂

［意］前来参见这座门吧。这座宏伟的门以桧木和花柏等高级木材打造而成，就像那吉祥的银造大门。

一 門の戸びらおすひらき見申せや、あらの御せだい

［意］推门入内，拜见屋里吧。是个刚成家的幸福家庭。

○

一 まゐり来てこの御本堂を見申せや、いかな大工は建てたやら

［意］来参观这座寺院的本堂吧。它究竟是出自哪位工匠之手？

※ 虽然标题处标记为○，但应与下一首歌同为“寺院颂”。

一 建てた御人は御手とから、むかしひたのたくみの立てた寺也

［意］打造如此壮丽寺院的人，真是大功一件。应是从前被称为飞驒名工的高手所打造的寺院。

小島ぶし

一 小島ではひの木さわらで門立てゝ、是ぞ目出たい白かねの門

小岛调

［意］小岛上用桧木和花柏等高级木材盖了这样一座堂皇的大门。就像那吉祥的银造大门。

※ 小岛指的是何处，不明。

一 白金の門戸びらおすひらき見申せや、あらの御せだい

［意］推开银门，拜见屋里吧。是个刚成家的幸福家庭。

一 八つ棟ぢくりにひわだぶきの、上におひたるから松

［意］这栋大宅是屋顶覆盖桧木皮的八栋造（许多栋房屋相连而成的建筑形式），十分高级，其上遮阴的唐松（*译注：唐松即日本落叶松，学名 Larix kaempferi，一种日本特有的植物*）也十分魁伟。

※ 也许原文中的“から松”指的并非“唐松”，而是指高级的松树。

一 から松のみぎり左に涌くいぢみ、汲めども呑めどもつきひざるもの

［意］唐松左右涌出的泉水，不管再怎么汲取、怎么饮用，都取之不尽，也从不涸竭。

一 あさ日さすよう日かゞやく大寺也、さくら色のちごは百人

［意］这是座朝阳射入，夕阳辉映的大寺院。面色如樱的童仆，应该也有多达上百个。

一 天からおづるちよ硯水、まつて立たれる

［意］这是自天上落下的强烈（也许是“千代”之意〔译注：原文ちよ，可解为“强烈”，也可解为“千代”〕）砚水（工匠之间的行话，指酒）。请喝了之后再上路。

馬屋ほめ

一 まゐり来てこの御台所見申せや、め釜を釜に釜は十六

马厩颂

［意］请来拜见这间厨房吧。除了雌釜雄釜（夫妇锅），光是锅子就多达十六个。

一 十六の釜で御代たく時は、四十八の馬で朝草苅る

［意］用十六个锅子煮饭烹饪时，一早要赶着四十八匹马去割草（家畜的草秣）。

一 其馬で朝草にききやう小萱を苅りまぜて、花でかゞやく馬屋なり

［意］赶着那（四十八匹）马割回来的晨草，也掺杂了桔梗及小而美的萱草，因此马厩也被花朵装点得光彩美丽。

一 かゞやく中のかげ駒は、せたいあがれを足がきする

［意］在布满花朵，光彩美丽的马厩中，鹿毛驹（茶褐色毛皮的马）正踩踏四肢，奋勇欲奔，就像要让这个家更上一层楼（使家运昌盛）。

○

一 此庭に歌のぞうじはありと聞く、あしびながらも心はづかし

○

［意］据说这处庭院有个善歌之人。虽然我只是随口哼唱，但一想到会被高手听见，仍忍不住害臊。

※ 歌名为○，不过是“庭颂”之歌。原文的“庭”指的应该不是一般的庭院，而是进行祭典的地方，祭场之意。

一 われわれはきによならひしけふあすぶ、そつ事ごめんなり

［意］我们昨天才刚学唱，今天就已经哼着玩了。现学现卖真是抱歉，还请多多包涵。

一 しやうぢ申せや限なし、一礼申して立てや友だつ

［意］献上颂辞（称赏）实在没完没了，一同前来的朋友们，我们就在此行礼告别吧。

桝形ほめ

一 まゐり来てこの桝を見申せや、四方四角桝形の庭也

方庭颂

［意］请来拜见这桝形（译注：*日本城郭大门内的*凵*字形石墙空间，开口朝门。如此可避免外敌攻入时长驱直入，亦有助于城内守军埋伏制敌*）的庭院吧。四四方方而且平坦，是量斗状的庭院。

一 まゐり来て此宿を見申せや、人のなさげの宿と申

［意］请来拜见这旅舍吧。每个人都说这是家人情温暖的好旅舍。

町ほめ

一 参り来て此お町を見申せや、竪町十五里横七里、△△出羽にまよおな友たつ

市镇颂

［意］请来拜见这市镇吧。长十五里，宽七里，是一座广大的小镇（部分模糊）。朋友们，小心别迷路了。

※ 原文△△的部分无法判读。虽然有“出羽”二汉字，仍不解其意（柳田）。确实，若将出羽视为地名，意思就不通了。但若解释为“出”等意思，△△的部分也许会是相当于“入”的字句。或是“△△出羽”，为显示宽广、宏伟之意的词句。

けんだんほめ

一 まゐり来てこのけんだん様を見申せや、御町間中にはたを立前

检断颂

［意］请来拜见这位检断（大村长）大人。他在市街正中央，高高竖起了旗杆。

一 まいは立町油町

［意］说到舞蹈，就数立町和油町最出色。

一 けんだん殿は二かい座敷に昼寝すて、銭を枕に金の手遊

［意］检断（大村长）大人在二楼和室午寝，他以钱币为枕，手中把玩金子（大小金币）。

一 参り来てこの御札見申せば、おすがいろぢきあるまじき札

［意］若来拜见这护符，这是大师（任职于知名寺院神社，负责为香客向导，或分发护符的人。祈祷师的简称）上了色，世间罕有（极为珍贵）的护符。

一 高き処は城と申し、ひくき処は城下と申す也

［意］高处叫作城，低处叫作城下。

橋ほめ

一 まゐり来てこの橋を見申せば、こ金の辻に白金のはし

桥颂

［意］若来拜见这座桥，它就像架设于黄金十字路口上的白银桥。

上ほめ

一 まゐり来てこの御堂見申せや、四方四面くさび一本

舞台颂

［意］请来拜见这座祠堂。四面八方（不用钉子）仅以一根楔子固定，技艺令人惊叹。

※ 歌名“上颂”的上，指的是舞台上。也许是指表演献神乐的舞殿。

一 扇とりすゞ取り、上さ参らばりそうある物

［意］手持扇子和铃铛，登上神殿舞蹈，一定能获得神佑。

※原文中的“すゞ”，也许不是铃铛，而是数珠之意。“りそう”应是利生（神佑）之意（柳田）。

家ほめ

一 こりばすらに小金のたる木に、水のせ懸るぐしになみたち

家颂

［意］香柱（用气味馨香的木头打造的柱子）也好，黄金椽木也好，只要放上水（指装了水的桶子＝天水桶），栋木也会生波（可以防止火灾）。

※“こりばすら”部分的文字无法明确判读，因此也许不是这些字（柳田）。栋指的是栋木，在栋木上（屋顶上）放天水桶的习俗，其他地区也可以见到。这是关于屋子的歌，却有水、波等字词，可以很容易地看出防火之意，但“放了水”的栋木“生波”这部分，或许也有别的解读。

浪合

一 此庭に歌の上ずはありと聞く、歌へながらも心はづかし

浪合

［意］听说这处庭院有善歌之人。唱歌当然可以，但一想到会被高手听见，不免令人害臊。

※歌名“浪合”的意思不明。

一 おんげんべりこおらいべり、山と花ござ是の御庭へさらゝすかれ

［意］把云繝缘和高丽缘的大和花草席铺设在这处庭院吧。

※原文的“おんげんべり”是云繝缘，“こうらいべり”是高丽缘（柳田）。缘指的是榻榻米的镶边。云繝和高丽，都是高级榻榻米的镶边样式。

一 まぎゑの台に玉のさかすきよりすゑて、是の御庭へ直し置く

［意］精选宝玉制作的酒盏，置于施以莳绘（译注：日本传统漆器工艺。以漆描绘花纹后，洒上金银粉或贝壳粉等，再加以研磨而成）的台子上，齐整地摆放在这处祭场吧。

一 十七はちやうすひやけ御手にもぢをすやく廻や御庭かゝやく

［意］年方十七的姑娘，手持小酒壶和小酒提，四处斟酒，祭场也因此增色许多。

一 この御酒一つ引受たもるなら、命長くじめうさかよる

［意］只要领受一杯这种酒，就能长命百岁，无病无痛。

一 さかなには鯛もすゞきもござれ共、おどにきこいしからのかるうめ

［意］下酒菜有鲷鱼和鲈鱼；但来自韩国，名闻遐迩的唐梅（蜡梅）美景，更是别致的佳肴。

一 正ぢ申や限なし、一礼申て立や友たつ、京

［意］若要献上颂辞（称赞的话），实在没完没了，所以朋友们，咱们行个礼，

就此告别吧。到这里结束。

※ 原文的“京”也许是最后的意思。“伊吕波歌”*（译注：以四十七个平假名编纂而成的日本传统假名学习歌）*的最后也是“京”字。

柱懸り

— 仲だぢ入れよや仲入れろ、仲たづなければや庭はすんげないゝ

柱悬

［意］让中立（狮子舞中，扮演主角的狮子头）加入吧，让他加入，没有中立，这庭院太煞风景（煞风景）*（译注：括号里是原文中重复歌唱的部分）*。

※“柱悬”这舞蹈，跳的是年轻的公鹿用小树磨角的样子（柳田）。

— すかの子は生れておりれや山めぐる、我等も廻る庭めぐるゝ

［意］小鹿一出生就驰骋山林。我们也要巡绕，巡绕庭院（巡绕祭场）。

※ 原文“すかの子”是小鹿之意。远野的狮子舞，狮子头似乎是鹿（柳田）。

— これの御庭におい柱の立つときは、ちのみがき若くなるものゝ

［意］这庭院的香柱，立起时鹿儿磨了角，使其重返年轻（重返年轻）。

※ 原文“ちのみがき”指的是鹿磨角。至于香柱（匂い柱）则不清楚详情（柳田）。

— 松島の松をそだてゝ見どすれば、松にからするちたのえせものゝ

［意］我想种植松岛的松树，但缠绕在松树上的藤蔓是拗性子（拗性子）。

※ 原文“ちた”是藤蔓之意（柳田）。

一 松島の松にからまるちたの葉も、えんが無れやぶろりふぐれるゝ

［意］缠绕在松岛松树上的藤蔓叶子，一旦没了缘，也会松脱（松脱）。

一 京で九貫のから絵のびよぼ、三よへにさらりたてまはす

［意］在京城，是不是都会围上三四层重达九贯（译注：贯为重量单位，也是货币单位。作者译取重量之意。一貫为三点七五公斤）的屏风呢？

※ 原文“びよぼ”指的是屏风。“三よへ”应是三四重之意。我（柳田）觉得这首歌最有意思。

めずゝぐり

一 仲たぢ入れろや仲入れろ、仲立なけれや庭すんげなえゝ

择雌

［意］让中立进来，进来，没有中立，这庭院太煞风景（煞风景）。

※ 歌名“めずすぐり”是“择雌”，应是鹿择妻的意思（柳田）。

一 鹿の子は生れおりれや山廻る、我らもめぐる庭を廻るなゝ

［意］小鹿一出生就驰骋山林。我们也要巡绕，巡绕庭院啊（巡绕庭院啊）。

一 女鹿たづねていかんとして白山の御山かすみかゝるゝ

［意］虽想去寻找雌鹿，但白山遍布云霞（遍布云霞）。

※ 原文“して”的部分，文字表记为“〆”。意义不明（柳田）。

— うるすやな風はかすみを吹き払て、今こそ女鹿あけてたちねる〻

［意］啊，真令人欣喜，风吹散了云霞，可以一同前往拜访山中的雌鹿了（可以拜访了）。

※ 原文“うるすやな”是欢喜的意思（柳田）。

— 何と女鹿はかくれてもひと村すゝきあけてたつねる〻

［意］不管雌鹿如何躲藏，都要翻开成片的芒草找到（找到）。

— 笹のこのはの女鹿子めじしは、何とかくてもおひき出さる

［意］躲在竹叶和树叶里的雌鹿，不管躲藏得再怎么巧妙，都会被引诱出来。

— 女鹿大鹿ふりを見ろ、鹿の心みやこなるもの〻

［意］雌鹿啊，看看大鹿雄伟的模样。大鹿心中正遥想着远方的京城（遥想京城）。

— 奥のみ山の大鹿はことすはじめておどりでき候〻

［意］深山幽谷的大鹿，今年第一次高跃起来（高跃起来）。

— 女鹿とらてあうがれて心ぢくすくをろ鹿かな〻

［意］这是一头未能娶得雌鹿，心焦如焚，倾慕向往而疯狂的鹿（疯狂的鹿）。

※ 原文“とらて”若解释为“被夺走”而非“未能夺走”，或许也能解释为是被别的雄鹿横刀夺爱。

一 松島の松をそだてゝ見とすれば松にからまるちたのえせもの

［意］我想要栽种松岛的松树，但缠绕松树的藤蔓是拗性子（拗性子）。

一 松島の松にからまるちたの葉も、えんがなけれやぞろりふぐれる〵

［意］缠绕松树的藤蔓叶子，一旦没了缘，也会松脱（也会松脱）。

一 沖のと中の浜す鳥、ゆらりこがれるそろりたつ物〵

［意］海上正中央无数的鸟儿在浪中悠悠漂浮，缓缓飞起（缓缓飞起）。

※ 这里将原文“浜す鳥”解读为“浜ち鳥”（海边的千鸟），是根据研究家的推论，认为并非讹音，而是抄本作者无法判读以草书书写的“ち”，误认为“す”，因此误抄。

なげくさ

一 なげくさを如何御人は御出あつた、出た御人は心ありがたい

投草

［意］这投草（贺仪）是哪位惠赠的？心意令人感激。

※ 歌名原文“なげくさ”即“投草”，贺仪之意。

一 この代を如何な大工は御指しあた、四つ角て宝遊ばし〵

［意］这（放置贺仪的）台子是出自哪位工匠之手？台子四隅堆积着宝物（堆积着宝物）。

※ 原文“遊ばし”（*译注：有动词する尊敬语之意*）意义不明。因为祭祀的是御白大人，所以才加以敬称吗？从这些例子来看，或许也有祭祀之意。

一 この御酒を如何な御酒だと思し召す、おどに聞いしがゝ菊の酒ゝ

［意］这（仪式中招待的）酒是什么酒？是闻名遐迩的加贺菊酒（加贺菊酒）。

一 此銭を如何な銭たと思し召す、伊勢お八まち銭熊野参の遣ひあまりかゝ

［意］这（贺仪的）钱是什么钱？是参拜伊势神社的初撒钱（香油钱），还是参拜熊野神社的余钱（余钱）？

一 此紙を如何な紙と思し召す、はりまだんぜかかしま紙か、おりめにそたひ遊はし

［意］这（包裹贺仪的）纸是什么纸？（以下不明）

※原文“はりまだんぜ”指的也许是播磨檀纸。“かしま纸”有可能是鹿岛的纸（柳田）。译为顺着折线恭敬地处置或许较妥当，但考虑到带有吉祥话的贺词性质，因为是产自播磨和鹿岛的高级纸，此句也能解为“折り目にぞ鯛游ばし”。

一 あふぎのお所いぢくなり、あふぎの御所三内の宮、内てすめるはかなめなりゝ、おりめにそたかさなる

［意］这把扇子是何地制作的？是在三内宫殿制作的。扇子要从中心合起，是为关键（是为关键）。（以下不明）

※原文“いぢくなり”是“いづこなる”（何处）之意。“三内”部分的文字无法判读，不清楚正确文字为何。暂时填入“三内”两字（柳田）。后半部分也能解释为“沿着褶线收叠起来”，不过或许并非这个意思。

（完）

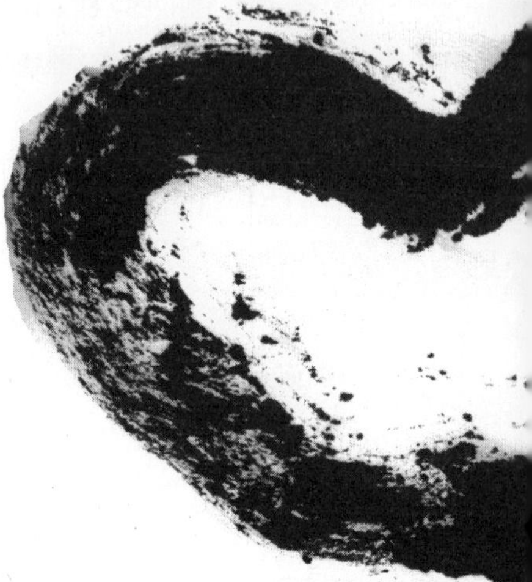

谨以此书呈献给此国诸人

对照今日人权意识，本书原典《远野物语》（明治四十三年六月十四日发行）所使用之词句、表现，有些并不恰当。在改写的时候，已尽可能详加斟酌，但考虑到原典撰写当时的社会背景，并且原典之文字也并非出于歧视意图而使用，本着据实传递原文语境的意图，一些词句和表现未加修改，予以保留，特此声明。

附记：原典亦有些部分，后来柳田国男本人改变见解，或后世研究指出有所误谬。但本书采取以原文为准，完整保留原典文意之方针。此外，原典的记述可能有多种解释的情况，是依据作者（京极夏彦）的判断来决定如何诠释。一并在此声明。

京极夏彦／角川学艺出版

远野物语

柳田国男

徐雪蓉——译

初版序文

柳田国男

本书全自远野人佐佐木镜石君听来。去岁明治四十二年二月起，君常于夜间来访，便将其口述之事笔录如下。镜石君不善言辞，但甚为真诚。我亦不加一字一句，直书我所感。想来远野乡此类故事尚有数百。切望日后得听闻更多。国内比远野更僻静之山村，应该尚有无数山神山人传说。祈愿有人多多讲述此事，使平地人闻之震撼。若然，本书不过陈胜吴广[1]而已。

去岁八月末，吾人赴远野乡一游。自花卷行十余里[2]，沿途仅三处街市[3]，其余皆青山绿野。人烟稀少，较北海道石狩之平野更甚。或因新开之路，民居尚少。远野城下乃烟花柳巷之地。向旅店主人借马，独自游历郊外诸村落。马上垂挂之马具，以黑色海草制成，应是牛虻多之故。猿石溪谷土壤肥沃，多已开垦。路旁石塔甚多，诸国无出其右者。自高处眺望，早稻正熟，晚稻花盛。田水尽悉流入川中。稻色依种类殊异，田地三四五块相连，色相相同者，为同一家持有，即所谓名所[4]相同之处。然，于小字[5]以下之区域，因无人持有，故不知其名。唯于古时买卖让渡之书契中常见之。渡附马牛之峡谷便为早池峰，山间云霞淡抹，山形犹如菅笠，亦似片假名之“へ”字。此处稻熟更迟，放眼望去，一片绿意。行于田中小径，见不知名之母鸟擒雏鸟横越。雏鸟色黑而翅白。初始以为小鸡，后其隐身沟壑草间，视身影遂知是野鸟矣。天神山有祭典，献狮子舞。唯此处略有微尘，偶见红旗、赤衣闪逝，与一村青绿相辉映。狮子舞实为鹿舞，戴鹿角面具，有童子五六人拔剑与之共舞。笛音高而歌声低，虽在其侧，亦难辨识。日暮西斜，晚风徐来令人醉。唤人之声也，闻之悲凉。女子相视而笑，孩童尽情驰奔。见此情景，亦无能解我旅愁。盂兰盆节[6]有新丧之家，高挂红白旗帜，似在招魂。骑马于岭上指点东西，共有十数人家。黄昏悠然降临，悉数包容将离别村人永居之地者、偶然行经的旅人与此悠悠灵山。远野乡有八处观音堂，观音像皆由一木雕成。次日朝圣者众。山岗上可见灯火明灭，亦闻钲鼓鸣声。村境岔路之草业中有风雨祭[7]之稻草人偶。宛若筋疲力竭之人仰躺于地。上述乃个人得自远野乡之印象。

想来此类书物已不符时下流行。纵使印刷术发达如此，此类书籍之出版，或有人云以一己之狭隘趣味，强加于人之者乃贸然举措。若然，且待我如是回答。岂有人听闻如此轶事，见闻如此地方，而能不说于人听者？似这般寡言审慎之人，至少吾人之友中未尝见之。况且如九百年前之《今昔物语》[8]于彼时已是古谈。反之，本书所载者皆为眼前之见闻，即使虔敬之意与诚恳态度或有不及于前书，就此类故事尚多未经人耳，口书相传者仅有少数。就此点而言，便值得淡泊、纯真如大纳言[9]者前来一听。及至近代御伽百物语[10]之流，其志浅陋，且难保不多妄言。吾人窃以与之比邻为耻。而此书乃现今之事实。深信单就此而言，其便有存在之正当理由。然镜石君年仅二十四五，吾人亦不过虚长十岁。若有人言：生逢此百废待举之世，不辨问题之大小，竟着力于枝微末节，则该如何？再则，若有人责难：何以如明神山之角鸮[11]，过度竖耳倾听或睁眼细看，则又该当如何？若然，则莫可奈何，责任概由本人自负矣。

远方森林里，老翁般静默，不飞亦不鸣的鸱鸺，也要笑我吧？

1 陈胜、吴广二人皆为举兵灭秦之先锋。后用以指称先驱、打头阵、初试啼声之行动或其人。亦简称陈吴。

2 一里相当于三点九二七公里。

3 指土泽、宫守、鳟泽三处市中心。

4 土地划分单位在小字（见注5）以下更细分者，多以三至五块田地为一单位，称名所。

5 字乃村町内之区划名称。分大字与小字，后者一般简称字。

6 盂兰盆节在飞鸟时代由隋唐时期的中国传入日本。过去以农历七月十五日为中心，为祭祀祖灵之节日。现在日本各地此节之时间略有不同，但以国历八月十五日最具普遍性。

7 雨风祭本于每年的第二百一十日（即阳历九月一日左右）举行，是冀望风调雨顺的祈愿仪式。又称：风祭、风日待或风神祭、原本是对风神的农业信仰，但后来似乎与虫祭的习俗重叠，一起被流传下来。

8 《今昔物语》：日本最大的古代说话故事集。约成书于西元十二世纪前半，达一千多则故事。每篇皆以“这已经是古早以前的事了”开头，故有此名。

9 相传《今昔物语》之编者为宇治大纳言源隆国，实则不详。

10 百物语隶属日本传统之怪谈文学。起源不详，主要流行于江户时代，有诸多类似之怪谈书籍。此处所言之《御伽百物语》应于一七〇六年（宝永三）发行。

11 角鸮：猫头鹰之一种。有一对竖立如耳的角羽。

题目

以下数字为各段编号

一

远野乡乃今日陆中上闭伊郡之西半部；群山环绕、地势平坦。依町村区划之新制，分为远野町、土渊村、附马牛村、松崎村、青笹村、上乡村、小友村、绫织村、鳟泽村、宫守村、达曾部村，共一町十村。近代以来，或称西闭伊郡，中古时期又名远野保。今日郡役所所在的远野町，人口众多，商业鼎盛。曾为俸禄一万石之南部氏的城下町，其城亦称横田城。往赴远野町，须搭火车至花卷站下，再横渡北上川，后循其支流猿石川向东深入十三里，方能抵达。乃深山中罕见之繁华地。据传，远野一带昔日为一方湖泊。尔后湖水缩减，形成猿石川，流至人烟处，自然而然便形成村落。另，谷间溪流汇入猿石川者甚多，俗称七内八崎。其中包括沼地或河谷，常见于奥州地名。

二

远野之城镇位于南北河川汇集处，昔称七七十里*。彼时，交易货物自七个溪谷、各七十里深处汇聚于此。每逢市集，皆有成千马匹、上千人潮之盛况。群山中以早池峰最为秀丽，位于北方附马牛深处。另有六角牛山矗立于东方。石神山则位于附马牛村与达曾部村之间，高度略逊于前二者。相传，远昔曾有女神携三女来此高原，夜宿今日之来内村伊豆权现神社。临睡前，母神道：“今夜谁做了吉梦，就赐予她最好的山。”深夜，灵花从天而降，落在姐姐胸前。小妹醒来发现，偷偷取来放在自己胸口，故得最秀丽的早池峰。姐姐二人各得六角牛山与石神山。此后，三位年轻女神便各自在山中住下，并管辖所属至今。据称远野女子因忌惮女神妒恨，至今仍未敢靠近（*：此处一里指小道，即坂东道。另，一里五六町）。

三

据传群山深处住有山人。栃内村*和野人佐佐木嘉兵卫年逾七十，仍健在。年轻时某次入山打猎，远远看见岩石上有一容姿美丽、肤色白皙的女子，正在梳理乌黑长发。此人向来胆大，顺势举枪射击，女子中弹，应声倒地。趋前一看，发现其身材高挑，散开的长发甚至长于身高。为留作日后证据，此人便割下她些许头发，束成环状，置于怀中。随即踏上归途。未料，途中睡魔袭来，困意难挡，只得在路边不惹人眼处假寐片刻。正于半梦半醒之间，见一高大男子趋近，伸入自己怀中，取走发束，随即不见踪迹，此时忽然醒转，想来应是所谓山男（＊：指土渊村大字栃内）。

四

山口村有一户主人名唤吉兵卫，某日前往根子立山采伐竹枝。后欲扛起已捆毕之竹枝前行时，倏忽，有风飒飒吹过竹林。定睛一看，却见自竹薮深处走来一容姿艳丽、长发乌黑之年轻女子，行走于竹林上方，朝此方前来。身后背负一幼儿，乃用藤蔓捆就。女子身着世间寻常条纹衣物，然以多种树叶补缀裙裾之褴褛。女子腾空，若无其事地走近男子，通过男子面前后，便不知去向。男子惊惧之余，忧烦成疾，长久卧病。据说近日已撒手人寰。

五

欲自远野乡赴沿海之田滨与吉利吉里等地，古来即有笛吹岭之山道。由山口村往六角牛山方向入山，路程最近。然近来穿越此山岭者必逢山男山女，使人心生畏惧，因此，行人渐疏。尔后，于境木岭方向另辟蹊径，并于和山设有驿站。此道虽需多行二里以上，但现今旅人皆取此道。

六

远野乡至今仍称豪农为长者。青笹村大字糠前*某长者之女不知被何物莫名掳去，多年不见踪迹。同村有猎人入山打猎，见一女子，因心生恐惧，欲举枪射击，却听女子急称："这岂非某某大叔？别开枪！"猎人吃惊，仔细一看，认出乃村中长者之女，问道："为何身在此处？"方知其多年前被某物所掳，现今已成其妇。生下多子，却被丈夫尽悉吃下。如今孤身一人，恐需终老于此。顾其安危，催促猎人尽速离去，并叮嘱务必守密。猎人惊恐万分，未及问明其住所，便逃之夭夭（*：糠前指糠森之前的村子。糠森与各地之糠冢相同。远野乡名为糠森、糠冢之地甚多）。

七

上乡村有一民女入山拾栗而未还。家人以为命丧山野，遂以其枕为其替身，举发丧礼。两三年过后。某日，同村有猎人进入五叶山腰，于巨岩后洞窟内巧遇该女，二相大惊，问道："何以身在此山？"女子曰："入山后被恶人强掳至此，虽欲逃跑返家，但毫无可乘之机。"再问对方何许人也？答："看来与常人无异，唯身形甚长，眼神稍凌厉而已。虽生数子，皆因形貌不似丈夫，或被食被杀，无一幸免，不知所终。"再问："果真与我人等无异？"女子答道："装束皆为世人之常，仅眼睛颜色略有不同。"其同类四五人一市间*来此一至二回，商谈之后便即离去。吃食皆由外携入，足见彼等亦上街市。言及此，告知丈夫或即将归来。猎人闻之，甚为惊恐，速速返家。此事距今已有二十余载（*：一市间指远野地方市集与下一个市集之间的时间。一个月有六次市集，故一市间约为五天）。

八

本地女子与孩童黄昏外出时常遭遇神隐，此事与外地无异。松崎村寒户某民家有年轻女子独留草鞋于梨树下，神秘失踪逾三十载。某日，亲戚友人于其家中相聚，却见女子面容老朽，形销骨损而归。问道："如何得以归来？"女子答："因思念众人深切，因此归来。既已得见，就此告别。"再语毕，复不见踪迹。犹记当日狂风肆虐。是故远野乡人每逢强风飒飒，便云："今日风势强劲，宛如寒户婆婆即将归来。"

九

老人菊池弥之助少时曾以马匹驮运为业。此人以擅吹笛闻名，每逢连夜赶马，常吹笛而行。某淡月之夜，欲与众人穿越境木岭前往海滨，又取出笛子尽情吹奏。其时恰恰途经名为大谷地之处。该地山谷纵深，白桦茂密。下方之沼泽湿地芦苇丛生。此时，谷底忽有人高喊"妙哉"，众人闻之，大惊失色，四散奔逃。

十

此人曾入深山采菇，并搭建小屋，留宿此间。某夜，自远处传来女子之惊叫声，不觉胸中惴惴不安。及至归家，方知该夜同一时辰，胞妹已为其子所杀。

十一

此女家中仅有母子二人。唯其子娶妻后，婆媳不睦。儿媳常回娘家，久滞而不还。某日媳妇于家中闲卧至午间时分。其子突然说道："岂容尬尬继续活命？今日非杀了她不可。"语毕，取出巨大割草镰刀，开始磨刀霍霍。看其样态，似非戏言。老母一一细说分明，频频致歉，却丝毫不为所动。媳妇见状，亦起身泪眼相劝，仍不改初衷。见母亲有遁逃之意，遂紧锁前后门户。母曰："需如厕小解。"其子便自门外持便器入内，命母就地解决。直至向晚，母亲死心断念，蹲于屋内大地炉旁，一味哭泣。子手持已研磨锋利之大镰刀，趋近母亲，对准左肩挥刀砍下。未料刀锋陷入炉上火架，未能砍下。此时母亲之哭叫声已为深山中的弥之助于所听闻。之后，再自右肩砍下，母犹存一息，尚未死绝。村人闻声而至，相偕制伏其子，并即刻通报交予警方。彼时警官手持警棍之时代。男子被押解而去，其母已血流如注，见状犹仍替其求情，曰："我死而无憾，唯请饶恕吾儿孙四郎。"众人闻之，无不动容。孙四郎于押解途中仍挥舞镰刀，追杀巡查。故被视为疯癫，之后获释返家。至今犹存命，居于乡里。

十二

土渊村山口有老人名唤新田乙藏*，人称乙爷。年近九十，已病入膏肓，不久人世。乙爷时常叨念自身熟知远野乡往昔典故，愿于存命中讲述与谁人听。却因老病而体臭，无人乐意侧近听闻。举凡各地官吏贵人之传记、家族世代之兴衰、昔日流传种种歌谣，乃至深山传说，又或者山人物语等，唯此老者知之最详（*：乙爷已于明治四十二年初夏病殁，实在可惜）。

十三

此老人独居山中数十星霜。原本出身富裕，却于少时家道中落、财产散尽。是而看破世俗，于山岭间筑小屋而居，兜售甜酒予往来旅人以糊口。有一驮运业者待此翁如父，与之甚为亲笃。收入稍有余裕，老翁便下街市买酒畅饮。身着赭色毛料外套，头戴红巾。酒醉便在街市中，或跳或舞而归，巡查亦不予以非难。老朽后方还归故里。贫不胜言，其状可悯。子女皆赴北海道，独留老翁一人。

十四

每一部落必有一久居此地之世家，称大同，负责祭祀屋内神。此神像乃削桑木，并于其上刻画面容而成。于四方布巾中央开一孔，从神像头上套下，作为衣裳。正月十五日，小字民众齐聚于此酬神。另有白样神。此神像以相同方法制作，乡里之人亦于正月十五集结祭拜。仪式以女子化妆用之白粉涂于神像面部。凡大同之家，必有一帖榻榻米大小之房室。夜间寝于此者，多有诡谲遭遇。枕头被翻转，乃为常事，或有被不明之人抱起丢出室外者。凡此，皆不得安眠。

十五

供奉屋内神者可多得福分。土渊村大字柏崎有长者阿部氏，乃村中之大地主，人称田圃之家。某年插秧时节，人手不足。一日，观天色后揣想隔日天候必不佳。口中叨念着："非得留最后一小块吗？"此时，忽有一矮小童子现身，曰："我也来帮忙。"便任其于田中农作。午间时分，欲使其用膳，却遍寻不着。顷刻，复又归来。终日辛勤耕田耙地，当日便告完工。家人对小童说："虽不知你何许人也，今晚请来用饭，聊表谢忱。"然日暮后又不见踪迹。待返家，见长廊有细小泥泞脚印，一路延伸入屋，直达于神龛之前。家人满心狐疑，最后开启神龛门扉，诧见神像腰部以下满是田间泥浆。

十六

祭拜金精神者亦不在少数。此神之神体甚似御驹神。村里间神社众多。多供奉木石雕制之男根状物，然今已不复昔日荣景。

十七

乡里间代代相传之世族豪门多驻有座敷童子。此神多为十二三岁之童子，时常现身于人前。土渊村大字饭丰有人名唤今渊勘十郎，家中读高校之女，近日休假归来。某日，于长廊间遇见座敷童子，大吃一惊，确为男童无误。同村山口佐佐木家之母亲，独自于家中做针线活，忽闻邻室有纸张沙沙作响。该房乃主人之寝室，彼时正远赴东京。母亲察觉有异，开门查看，却空无一物，便又回房入座。不消片刻，又有人频频发出鼻音，想来应是座敷童子。往昔即有传言座敷童子居于此人家中。据称此神常驻之家，富贵如意。

十八

座敷童子亦有童女。山口孙左卫门同为山口之世代旧家，长久以来便传闻此人家中有两名童女神。某年，同村某男自街市返家，途经留场桥畔，巧遇两位面貌姣好之陌生女孩。女孩面带忧思，迎面走来。某男问道："你俩从哪里来？"女孩答曰："从山口孙左卫门家来。"再问："往何处去？"又答："某村某人家。"该某居于距此稍远之村落，至今仍为当地富农。此人闻之，揣想孙左卫门家业恐自此衰落。果真，不多时日，主仆二十余人皆因食毒菇，一日之内死绝，独留七岁稚女。该女亦垂垂老矣，且膝下无子，已于近日病殁。

十九

孙左卫门家种有梨树。某日，梨树四周丛生未曾见之蕈菇，家中男众便议论吃是不吃。末代之孙左卫门闻之，出言制止。未料一人言："举凡菇类，只消放入水桶中，以去皮之大麻茎部搅拌后食用，便无中毒之虞。"众人听信其言，家中众人竞相食之。唯七岁之稚女，是日外出游玩，午间忘记返家用膳，因而逃过此劫。主人意外猝死，山口家惊慌失措。此间，远近亲戚接踵前来，或云生前有此借贷，或称有该约定，将家中财物一扫而空，连味噌之类亦不放过。是而，本村创村之富豪世家便于一夕间家破人亡，灰飞烟灭。

二十

发生如此凶变似有诸多前兆。众男仆以三齿锹翻搅、耙取储存之草料时，见一大蛇。众人不听主人劝诫，将之扑杀。后于草料下方发现更多蛇蠢动欲出。众男役悉数扑杀，以此取乐。后因不知将蛇尸弃置何处，遂于屋外掘洞掩埋，做一蛇冢。据传死蛇数量惊人，畚箕铲起之次数，不知凡几。

二十一

前述孙左卫门为村中鲜见之学者，常自京都订购和汉典籍耽读之。犹记此人有异人之称。相传欲与狐狸亲近，以求富贵之术，先于庭中筑稻荷神祠，后亲自上京恭请正一位神位而返。自此，每日必亲自供奉一枚油豆腐于祠寺前，恭谨祭拜。尔后，狐狸渐渐解除戒心，连此人靠近也不遁逃。据说尚可伸手抚摸其首。往昔村中药师堂守堂人便曾屡屡笑谈："我佛啥都无须供奉，便较孙左卫门之神更有庇佑也。"

二十二

佐佐木氏之曾祖母因年老亡故。入殓当夜，亲族聚集家中厅堂，并于该室就寝。亡者之女因疯癫而被休回娘家，是夜亦在亲族之中。当地有忌讳丧期之中，炉火熄灭之风俗，故由佐佐木之祖母与母亲二人看守于大地炉两侧。母亲将炭笼置于身旁，不时添加炭火。忽闻家屋后方传来由远而近之足音，一看，竟是新丧之老妪。老妪生前伛偻，为防衣服下摆拖地，常折起一角，缝于前方，种种形貌皆与现下所见相同，连身着之条纹衣物亦与生前无异。见状，尚不及出声，老妪已走过火炉旁二女身边。未料裙裾擦过地上之炭笼，圆形炭笼随之喀啦喀啦滚了几圈。佐佐木之母颇有胆识，回首目送亡者脚步，见其正朝众亲属睡卧之室走去。此时疯女高声叫唤："老祖母来啦！"众人闻声而醒，无不惊慌失措。

二十三

上述亡者葬礼前夜，即亡后第十四日，众亲友前来诵经，直至午夜方休。临去时见一老妪坐于门前石上，脸面朝外。由其背影可辨识为亡者无误。因所见者众，遂不疑有他。然其有何未了之执念，遂终究不得而知。

二十四

诸村名门世族之家皆称大同，肇因大同元年自甲斐国移住此地而得名。大同乃田村将军征讨之时代。而甲斐为南部氏先祖之本籍。莫非后人将二者传说混为一谈？

二十五

大同之祖先初来乍到时，正值岁末年终。迎春之门松方挂好一边，已是大年初一。是而，今日家家户户为求吉祥，每逢新年结标绳时，仍惯常将一边之门松横伏于地。

二十六

阿倍氏于柏崎地方有田圃家之称，乃此地之名门望族。先祖中有善于雕刻者，远野乡一带之神像、佛像，多出自此人之手。

二十七

闭伊川源自早池峰，为流入东北方位之宫古海域之河川。此川流经之域称下闭伊郡。远野町有池端家，其先祖往赴宫古之后返家时，行经此川之原台渊附近，受一年轻女子委托信函一封。曰：往远野町后方之物见山，山腹有一沼池。行至此处，只消拍手，收信者便会现身。此人虽应允对方请求，仍不禁于途中左思右想，惶惶不安。此间，恰有一行脚僧路过。展信阅毕，说道："若携此信前往，难保不大祸临头。且待贫僧为汝重书一封。"书毕交付。后持此信前往该处，并依女子所言，拍手示之，真有年轻女子现身取信，并以一小小石臼作为谢礼。说："置一米粒于其中，便可碾出黄金。"借此宝物之力，此人日渐富裕。可叹其妻贪婪，一次放入过多米粒，石臼自转而不止，最后滑入水洼之中，消失不见。此水洼乃主人日日清晨供奉于石臼之水所形成。尔后，形成一小池，至今仍见于其家近侧。池端之姓氏相传便由此而来。

二十八

最初于早池峰开掘山路者为附马牛村某某猎人。此乃远野南部家移住此地领国后之事。据称，彼时当地尚无入此山者。此猎人开挖山路至中途，便于山腹间筑临时小屋而居。某日，用火炉烤年糕食用之际，忽见屋外有人走过，频频窥视屋内。仔细一瞧，竟为一高大之光头男子。男子入内，状甚珍奇地注视烤年糕。终于按捺不住，伸手取食。猎人因恐惧，便也主动递上。对方将年糕悉数吃尽，方心满意足地离去。担心他次日又来，猎人将状似年糕之二三白石混入其中，置于炉上烘烤，直至火烫。正如所料，光头男子今日又来，一如昨日，伸手取食。年糕吃尽后，又将白石放入口中。只见一入口便大惊失色，旋即冲出小屋，不见踪迹。尔后，据传有人看见光头男子坠于谷底，已气绝身亡。

二十九

鸡头山乃矗立于早池峰前之险峰峻岭。山麓之乡里又称为前药师。据说有天狗居住于此，故登早池峰者绝不借道此山。山口的跳户家主人与佐佐木之祖父为青梅竹马。此人天不怕地不怕，曾拿伐木之大斧割草，或用割稻之镰刀掘地，少时，净干些鲁莽疯狂之事。亦曾与人打赌独自攀登前药师山。以下乃归来后所言之事。彼时山顶之巨岩上有高大男子三人，面前满是金银财宝。见男子趋前，便回首瞪视，眼露凶光，极其可怖。男子辩称独登早池峰，未料迷途至此。答曰："若然，应可送你一程。"领头而行，直至山麓近处，命男子闭眼，依其指示伫立原地片刻。再睁眼，异人已迅速消失无踪。

三十

一日，小国村某某男子上早池峰伐竹。忽于茂密地竹之间瞥见一身形硕大之男子，正席地而睡。以地竹编制之三尺长草鞋脱于身旁。据说其仰躺于地，鼾声大作。

三十一

远野乡民家之子女，年年多有为异人强掳者。特以女子居多。

三十二

千岳之山谷中有沼地，此山谷极其腥臭。入此山而能平安归还者甚少。昔日有猎人名唤某某隼人，其子孙至今尚存。据称彼时见一白鹿，追逐至此山，并入此山谷千夜。遂取名千晚岳。白鹿身负枪伤，仍遁逃至另一山峰，折断一腿。此今日称片羽山。白鹿后又折返前一山，气绝身亡。该地便称为死助。据说死助权现所祭祀者即此白鹿是也。

三十三

上白望山留宿时，时为深夜，却偶可见四周微微发光。秋季上山采菇而于山中过夜者，常遇此现象。亦可闻山谷深处传来伐倒大树之声或歌声。此山辽阔，深不可测。五月上山割茅草时，可远眺满山遍野盛开之桐花，如紫云般连绵不绝，唯无法靠近。往昔有入白望山深处采菇，看见金管与金杓，本欲带回，但因过重难以搬动，虽企图以镰刀削取其端，亦不可得。遂将树皮以白色做记号，以供再来时辨识。次日，偕众人前往，却连该树之所在亦遍寻不得，只好作罢。

三十四

白望山山势连绵处，有名为离森之地。其内之小字有一豪宅，现已杳无人烟。曾有人来此，以烧制木炭为生。某夜，见一人撩起小屋门前垂挂之草帘，向内窥视。乃一女子，两束长发垂于左右。此附近于深夜听闻女子尖叫亦不稀奇。

三十五

佐佐木之叔公，曾赴白望山采菇并夜宿于此。该夜，见有一女子疾速横越山谷彼处的巨大森林而去，仿若腾行空中。据说亦听闻该女连呼唤二声："等我，等等我！"

三十六

猿猴怪与御犬魔甚为可怖。所谓的御犬即狼也。山口村附近之二石山为岩山。某日雨天，学童于下学返家途中，见御犬盘踞于遍布此山之岩石上，仰天长啸，吠声接连不绝。听说正面看来，宛如初生之幼马，从背面看去可说是小得令人诧异。且世间莫如御犬之低吼声，更叫人闻之而丧胆。

三十七

昔日有赶驮运马者，于境木岭与和山岭间，屡遭狼群侵袭。赶马夜行者，多十人成群，一人以一条绳索系五至七匹马，多为四五十匹。曾有两三百狼群聚追来，足音响彻山林。因恐怖至极，人马靠拢于一处，周围烧起火堆以防狼只靠近。如此，仍见狼企图跃入火圈而来，只得解开马绳，以绳索围成圆圈，隔绝狼群于外。狼群或因害怕圈套，遂不再往里跳。但仍在远处围住人马，嘶嚎不断，直至天明。

三十八

小友村名门之主，人称某爷，至今仍健在。某次自街市回村途中，闻御犬频频嚎叫。因醉酒而胆大，某爷便学御犬而吠。狼只闻声前来，至此方知惊恐，即刻飞奔返家。进门便紧锁门户，妥善藏身。然狼群彻夜包围家屋，嚎叫不休。至天明一看，方知狼群已自马厩之地基掘土钻入，将七匹马尽悉咬毙。自此，某爷家业遂日渐倾颓。

三十九

佐佐木君幼时，某次曾与祖父自山中返家，途中见邻近村落之山谷岸边，有大型鹿只倒卧其间。此鹿应遭猎杀不久，破裂之腹部尚有热气冒出。祖父谓：此乃御犬所为。虽想得此鹿皮，但畏惧御犬仍隐身于附近，终究未果。

四十

据说草长三寸，狼即可隐身其中。草色随季节递嬗而不同，狼之毛色亦随之改变。

四十一

某年，和野之佐佐木嘉兵卫越过境木岭，来到大谷地狩猎。大谷地乃自死助延伸连绵之辽阔原野。时值暮秋，草叶落尽，山头也一片光秃。忽见对面山峰有数百只狼朝此奔来，嘉兵卫不堪惊恐，立即爬上树梢。只闻树下传来不计其数之足音，迅速穿过，行向北方。据称自彼时起，远野乡狼只数量便甚少矣。

四十二

六角牛山麓有名唤御场屋、板小屋之处，乃广阔之茅草山。各村皆有人前去割草。某年秋天，饭丰村人亦去割茅草，于岩洞中发现三只幼狼，遂宰杀其中两只，带回一只。那日起，狼群便不断袭击饭丰村之马匹，然则丝毫不伤害别村之马。饭丰村民商议如何狩狼。其中有善于相扑，生平自豪力大无穷者。众人前往原野，却见雄狼皆立于远处，并未靠近，唯一匹雌狼扑向名为阿铁之男子。阿铁立刻脱下厚外衣，卷在臂上，使劲往狼嘴塞去。雌狼狠狠咬住，他便更加用力往里塞，一边向人求救。然众人皆惊恐万分，不敢靠近。此时阿铁手臂已深入雌狼腹中，雌狼痛苦难当，咬碎阿铁手臂后当场毙命，而阿铁亦于被扛回村落不久后死去。

四十三

前年的《远野新闻》亦刊登过以下记事。上乡村有男子名为阿熊，与友人于大雪纷飞之日，往赴六角牛狩猎。深入山谷后，发现熊之足迹，两人便分头寻觅。阿熊往山峰方向前行，惊见岩石后方有一头大熊正看向自己。因距离甚近，当下便扔掉猎枪，抱住大熊，翻滚于雪地之上，后双双掉落山谷。同行男子虽欲出手相救，却力有未逮。只见二“熊”滚入山谷溪流。人在熊下，沉于水中，后伺机制伏大熊。不仅未曾溺水，爪伤亦仅有数处，并无性命之忧。

四十四

桥野村位于六脚牛山峰连绵之处，该村山头有金矿。有一男子为矿山烧炭，借以营生。此人亦是吹笛之好手。某日白日间仰躺于小屋内吹笛，忽有人撩起门上草帘，男子一惊看去，竟是一猿猴怪。男子心生恐惧，速速起身，却见对方不疾不徐地往对面跑去。

四十五

猿猴怪形似人类，好女色，常掳走乡里之妇人。惯以松脂敷于毛发，并于其上沾满沙石，故毛皮硬如盔甲，枪弹亦不能穿过。

四十六

栃内村林崎之某男子，年近五十。下述之事发生已有十余载。该男前往六角牛山猎鹿时，吹鹿笛引诱鹿只现身。猿猴怪以为真是鹿，便徒手扒开地竹，张开血盆大口，自山岭而下。此人见状魂飞魄散，不敢再吹。猿猴怪旋即转身朝山谷方向跑去。

四十七

本地人常用“六角牛之猿猴怪来了”来吓唬小孩。此山多猿猴，前往绪瀑布，可见崖边树梢满是猿猴。猿猴见人，便朝人丢掷树上果实，一边逃开。

四十八

仙人岭满山遍野亦有猿猴，常戏弄行人，或朝人丢掷石块。

四十九

上仙人岭十五里，下山亦十五里。山腰处有祠堂供奉仙人像。古来旅人常于堂壁上，书志山中不可思议之遭遇。如：吾乃越后人，某月某日之夜，于山中见一年轻长发女子，目视吾人，嫣然而笑云云。又：于此处遭猿猴戏弄。亦有：遇盗贼三人之类。

五十

死助山有杓兰花。在远野乡亦为珍奇之花。逢五月杜鹃鸟啼时分，女人与小孩上山采摘此花。浸于醋中即成紫色。亦可将此花如酸浆之果实般，吹声取乐。摘采此花乃此地年轻人最大游兴。

五十一

山中有各种鸟类，叫声最凄凉者当属欧托鸟，常于夏季深夜啼叫。据称，驮运货物者自滨海之大槌翻山越岭而来时，可远闻谷底传来之啼声。昔日有富豪之女，与另一富豪之子感情甚笃。某日，相偕赴此山间游玩，男子却莫名消失。据说女子自日暮至深夜，遍寻不着，遂变成此鸟。鸟儿声声呼唤欧多、欧多，乃夫君（otto）之意。终至啼声喑哑，令人闻之悲凉。

五十二

追马鸟形似杜鹃鸟，唯体形稍大，羽色赤中带褐，肩上有似马匹缰绳之条纹，胸口毛色近似套马嘴之网袋。此亦为某富人差使家仆上山牧马时之事。牧毕欲返家时，发现少了一匹马。家仆四处奔走，彻夜找寻而不可得。最后变成此鸟。阿霍、阿霍的叫声，犹如当地人追赶野地马群之呼声。有些年头，追马鸟来到乡里间啼叫，即为饥馑之前兆。此鸟常居深山，可闻其啼声。

五十三

据说郭公鸟与杜鹃鸟昔为姊妹。郭公为姊。某次，郭公掘山芋烤食，自己先吃掉外部坚硬处，将内里松软部分留予妹妹。其妹误认姐姐所食更为美味，便愤而拿菜刀砍死姐姐。姐姐当下变成鸟儿，声声啼唤“钢口、钢口”，振翅而去。“钢口”乃方言，意指坚硬之处。至此，妹妹方知姐姐将好的留给了自己。悔恨之余，便也化成一只鸟儿，啼声甚似“以菜刀砍了”。故远野地区俗称杜鹃鸟为“以菜刀砍了”。据说盛冈一带此鸟叫声犹如：“飞向何方？”

五十四

闭伊川流域多深潭，亦有不少恐怖传说。与小国川汇流处有一村落，名为川井。村中长者之家仆赴水潭上方山巅伐树，不慎将斧头落入水中。斧头乃主人所有，便只得入水潭寻找。潜入水底之际，听闻声响。循声来源而行，见岩石后方有一人家。房内有一貌美之年轻女子，正在织布。遗失之斧头正立于织布机旁。家仆问：“可否将此斧归还于我？”此时女子转身，竟是主人两三年前香消玉殒之女儿。她答：“斧头还你亦可，唯不得泄露我的所在。为表谢忱，可予你财富，无须再为人仆役。”或因如此，往后此人博弈，皆奇妙地连连获胜，遂日渐累积财富，不久便辞工返家，堪称一方富农。然此人败在忘性，将女子嘱咐抛诸脑后。某日，上街市时途经此潭，倏忽忆起前事，便将前述奇遇说与同行者听。此事随即传遍乡里。自此，男子家业再度倾颓，最终回原主人处劳作。此去经年。而主人不知心做何想，竟命人将大量热水注入水潭，却终究无用。

五十五

河里多住有河童，以猿石川为最。松崎村有依河畔而居者，接连二代怀妊河童之子，然甫落地即被斩碎，装进一升樽，埋入土中，据说长相丑怪无比。女子丈夫乃新张村人，本家亦位于河边。此家主人将事件始末说与人听闻。某日，家中众人傍晚自田间返家时，见女子独自蹲踞河边，笑意盈盈。次日午休又是如此。日子一长，渐传闻村中某男夜夜造访那名女子。起初，仅趁女子丈夫驮运货物至海滨时才来。尔后，连与丈夫同寝之夜亦胆敢出现。众人多传闻该男子河童是也。一族集结防守，仍无功而返。女子之婆婆甚至于其身旁就寝。深夜，闻女子笑声，便知男子又来。然而，身体却动弹不得，众人亦束手无策。即至女子分娩时，辛苦难当。有人或曰："将水注满于马槽，再入其中，便可安产。"尝试之下，果真奏效。所生之子，手掌有蹼。据称，女子之母亦曾产下河童之子。也有人云："此非仅仅两三代之因缘。"此户人家乃名实相符之豪族，称某某士族。亦曾有担任村会议员者。

五十六

上乡村某人家中亦曾产下状似河童之子者。虽无确证，但据称生来即浑身通红、血盆大口，令人见之极为不悦。因忌惮不祥，便携至村境岔路口遗弃。先隔一间之远观望，又突然转念，觉得可惜，不如售予他人，充作珍奇之物观赏，尚有利可图。如是想，便折回原处。然河童之子不知被何人藏匿，已杳无踪迹。

五十七

河岸边之沙上有河童足迹并不稀奇。特以雨天隔日为多。据称足部与猿猴相似，而拇指独立于四指之外，则近于人类之手。长不足三寸，指纹亦不如人类清晰分明。

五十八

小乌濑川的姥子渊附近，有称新屋之家者。某日，有马童牵马赴水潭消暑，而后却独自至他处游玩。此时，有河童现身，欲拉马入潭，反被马匹拖回马厩前，只得隐蔽于马槽之下。家人见马槽倾倒，觉察有异，稍稍掀盖一看，竟见河童伸出手来。村人齐聚于此，商议是杀是饶。最后，严命河童起誓不再骚扰村中马匹，才予以释放。尔后，闻此河童离开该村，定居于相泽渊。

五十九

据说他处河童似是青面，远野之河童则皆为赤脸。佐佐木之曾祖母幼时曾与友人于庭院嬉戏。忽见三株胡桃木中有红脸男童探头而出，乃河童是也。彼时胡桃大树至今依旧，且此宅邸之周围皆为胡桃木。

六十

和野村有嘉兵卫老爷。为捕猎雉鸡而入小屋等待时，常有狐狸出没，追猎雉鸡。他想一枪毙了这可恨的狐狸，却见它转身过来，毫无所动。老爷便立刻扣下扳机，未料并未发射，心中忐忑。查看枪支，方知枪口至把手皆塞满了土。

六十一

前文的嘉兵卫老爷某日入六角牛山，见一白鹿。思及白鹿素有神明之称，若使之负伤而未能取其性命，日后必将受罚。此爷擅射猎，声名远播，虽有犹疑，仍因难忍世间嘲笑，便一不做二不休，奋力举枪射向白鹿。虽自信应已命中，但白鹿丝毫不为所动。心中十分惊异，便速速取出危急时驱魔除怪之黄金弹丸，以蓬草包覆后发射。然白鹿依旧不动如山，甚为诡谲。趋前一看，竟是一鹿状白石！此老爷居此山间数十余载，岂能石鹿不分？想来应是魔障所致，当下便决心不再狩猎。

六十二

亦为上述之人。某夜，因未能于山中搭建临时小屋，遂倚靠大树，以避邪用之三途绳将自己与树干捆绑三圈，并竖直猎枪、环抱而眠。夜深，闻声响而惊醒，却见一僧侣装束之大汉，挥动羽翼般红衣，笼罩树梢。嘉兵卫随即开枪，男子却又挥动羽翼般红衣，飞天而去。嘉兵卫此时之恐惧，已非寻常。尔后常说与人听，前后三次有此异常遭遇，每每向神明发誓不再狩猎，然不久后却又反悔，直至年老体衰，方舍弃本业。

六十三

小国之三浦某某，乃村中首屈一指之富豪。距今两三代前仍家贫，主人之妻亦稍嫌驽钝。某日，其妻循门前小溪采款冬而上。因近处未有满意收获，便渐次深入山谷。眼前忽然出现一气派之宅邸，有黑色大门。女子觉得诧异，仍不禁入内一探。偌大庭院中红白花朵盛开，众多鸡只游走其间。绕至后院，有牛舍、马厩，其内牛马甚多，唯不见人影。女子自玄关走入屋内，见诸多朱色与黑色之膳碗。主屋设有火炉，炉上铁瓶内之水已滚沸。至此仍未见一人。忽然思即：莫非是山男之家？遂惊恐万分，奔逃返家。后与人言及此事，却无人信以为真。某日，于家门*外涤物之际，有一红碗自上游流下，甚美，便拾起带回。顾忌被嫌污秽，未敢用作膳碗，仅置于米桶，用作量取谷类*之器皿。未料米谷竟取之不竭。家人觉得有异，问女子何故？方才说明自河中拾起此碗之原委。自彼时起，此户人家便受幸运之神眷顾，而有今日三浦家盛世。远野地方称此山中奇异之家为迷家。有幸造访迷家者，可取屋内之物。举凡器皿、家畜等，眼光所及，皆为欲授予其人而使之见闻者。或因女子无欲，未曾盗取分毫，故此木碗方自动漂流而至。（＊1：此处之 kado 非门户之门。乃家家户户设于河岸边，用作汲水、涤物之处。＊2：kesene 指稗或其他谷物。kitsu 为装盛谷物的箱子，有各种大小）。

六十四

金泽村*在白望山麓，于上闭伊郡中属人烟罕至之深山。六七年前，栃内村之山崎某妇为女儿招赘，女婿即出自此村。某次前往女婿老家时，于山间迷途，却意外造访上述迷家。家中情景，牛马鸡群、红白花朵等，无一不与前文相同。入玄关后亦见摆设膳碗之房室。厅内有铁瓶，瓶内之水已沸，似正要煮茶。忽觉茅房附近似有人站立，一阵恍惚，渐感恐惧，遂转身折返，来到小国村。说与人听，未料无人当真。及至山崎，众人闻之，说道必为迷家无疑。若得膳碗之类，可一夕致富。语毕，遂请男子领路，众人往赴深山探寻。来到状似大门之处，却无所言之物，只得空手而还。后亦未曾听闻该女婿致富（*：上闭伊郡金泽村）。

六十五

早池峰乃花岗岩之石山。此山面朝小国村之侧，有名为安倍城之岩屋，位于险峻山崖之山腹，非常人能轻易造访之处。据传安倍贞任之母至今仍居于此。据称每逢山雨欲来之向晚，可闻门扉上锁声。小国村与附马牛村居民常言：“若闻安倍城上锁声，翌日应是落雨时。”

六十六

早池峰自附马牛侧之登山口，亦有名为安倍宅邸之岩窟。总之，早池峰与安倍贞任颇有渊源。另，小国村之入山口也有三处墓冢，相传埋葬的是八幡太郎战死之家臣。

六十七

关于安倍贞任之传说尚有许多。土渊村与旧名桥野村之栗桥村边境，自其登山口攀登两三里山中处，有辽阔平坦之原野。附近有名为贞任之地，有湖沼，据传为贞任让马消暑之所。亦传为其战地阵营驻扎之处，景色秀丽，东海岸风光一览无余。

六十八

土渊村有安倍氏家族，据传为贞任后裔，往昔曾家业昌盛。宅邸四周至今尚有壕沟，亦有水流。刀剑、马具甚多。当代户主名为安倍与右卫门，至今仍为村中排名二三之富豪，并兼任村会议员。安倍子孙众多，前述之外，尚有居于盛冈之安倍馆一带，邻近厨川之栅者。土渊村安倍家北上四五町之小乌濑川转折处为其宅邸旧址，名为八幡泽馆，乃八幡太郎驻扎阵营是也。自此往远野街市途中尚有八幡山，据称此山面向八幡泽馆之山峰中，亦有一公馆旧址，原为贞任驻扎阵营，二馆相隔二十余町。据闻此地曾为两军交战处，是而曾掘出大量箭头。其间有集落称似田贝，战时芦苇丛生，土质松软，行于其上，脚步甚为不稳。某日，八幡太郎途经此处，见大量粥品，却不知此兵粮是敌军或友方之物。便问道："此乃煮熟之粥耶？"因近似"似田贝"之发音，此村因故得名。另有鸣川流经似田贝村外。洗足川村位于鸣川对岸，相传其村名乃因义家曾于此川涤足而来。

六十九

今日之土渊村有两户大同。山口大同之当代户主为大同万之丞，其养母名唤阿秀，年逾八十，仍相当硬朗。其亦为佐佐木氏之姨婆，擅魔法，能以咒术杀蛇、使树上飞禽落地等，诸如此类，常让佐佐木君亲眼见识。去年旧历正月十五，此老妪曾口述以下轶闻：昔时，某处有一贫农，无妻，有一貌美之女。另养有一匹马。女儿甚爱之，每晚必往马厩，且夜宿于内，最后与马结成眷属。某夜，乃父得知此事，隔日，默然牵马外出，吊于桑树下斩杀。是夜，女儿不见此马，询问父亲，方知原委。女震惊万分，悲痛逾恒，遂往桑树下，紧抱马头痛哭。未料此举加深父亲之愤恨，遂以斧头自后方斩断马首。霎时，女儿便乘此断首，飞天而去。所谓白样神之马神，便是自此时成仙者。神像以吊挂马之桑树枝制成，据称共有三尊。以连接树干处制作者，供奉于山口大同家，称姊神；以中段雕成者，供奉于山崎之在家权十郎家，为佐佐木姨母之婚家，唯现已绝后，神像亦不知所终；以末梢雕塑者为妹神，据说现今供奉于附马牛村。

七十

据同一人所言，凡有白样神之家，必伴有屋内神。但亦有无白样神，而仅有屋内神者。此外，各家神像殊异，山口大同家之屋内神为木雕像。山口之辷石谷江家则为一挂轴。供奉于田圃之家者，亦为木雕像。而饭丰之大同家并无白样神，唯有屋内神而已。

七十一

口述此事之老妪，乃虔诚之佛教徒，但异于世间寻常信徒，似为一种邪教。虽亦向信徒传道，但彼此严守秘密，仪式一概不得向人泄露，父母子女亦然。与寺庙、僧侣毫无往来，只集结在家众，人数亦不多。妇人辷石谷江等人同为会众，每逢阿弥陀佛斋戒日，待深夜人静后，必聚于密室祈祷。因擅魔法、咒术，对乡里而言，自有其权威。

七十二

栃内村之小字琴畑位于深山沼地，属小乌濑川支流上游，仅五户人家。此处与栃内之民家相隔二里。琴畑入口有坟冢，坟上有木雕座像，约人之大小。往昔供奉于堂内，如今却受风吹雨淋，称神乐神。村中孩童以此为玩具，或拿出丢入河里，或拖行于地，如今口鼻已难辨识。偶有训斥、制止孩童者，返家后反遭神明惩罚而患病。

七十三

神乐神之木雕像于远野乡各处甚多，亦见于栃内之小字西内。另依某人记忆所及，山口村的大洞亦有。神乐神已无人信奉。神像之雕工粗糙，服装与头饰模样亦不分明。

七十四

栃内之神乐神如前所述，有大小两尊。土渊村则有三四尊，皆为木制半身像，乃以柴刀粗糙雕成，仅可约略辨识人之面部形貌。据传，神乐神本为昔日众神行旅途中之休憩场所名称。尔后便渐称当地常驻之神为神乐神。

七十五

离森的长者宅邸，直至数年前为止，仍有制造火柴棒之工厂。每逢夜晚，便有女子前来小屋门口，见人吃吃傻笑。因嫌此地过于偏僻，遂将工厂迁至大字山口。之后又有人为砍伐铁道枕木，深入此山，搭建临时小屋暂宿。傍晚时分，常有伐木工人迷路，归来后仍茫然若失。有此经验之工人达四五人，之后外出行踪不明者仍层出不穷。据当事人之后叙述，有女子来此，将自己带往某处，返回后两三日间记忆全无。

七十六

长者宅邸为昔日豪农公馆之旧址。其附近有山，名为糠森。据说乃由富豪家丢弃之谷糠而成。山中有一五叶空木，相传其下埋有黄金，至今偶有四处探寻此树之所在者。此豪农往昔约莫为矿山业者，附近仍留有铁渣。恩德之金山与此山相连，就在不远处。

七十七

山口之田尻长三郎乃土渊村首富。当代家主年事已高，曾口述长三郎四十余岁时之遭遇。时值老妇阿秀之子葬礼。是夜，众人诵经完毕，各自返家，唯长三郎因健谈之故，较晚离开。甫出大门，便见檐下有一陌生男子，以雨石为枕，仰躺于地，仔细一看，是为陌生人，似已死去。月夜下，借光一看，只见此人立膝、张口。长三郎胆大，以脚轻摇对方，却无动静。因男子挡住去路，只得跨过其身躯返家。翌晨再来，已了无痕迹，亦无他人见过此男子。然其所枕之石，无论形状、位置，均与昨夜记忆如出一辙。尔后长三郎曰："当时若能以手仔细确认就好，但半因恐惧，仅以脚触碰，也想不出究竟是何物作怪。"

七十八

以下亦来自同一人之见闻。山口村长藏昔时曾来帮佣，现今年逾七十，仍健在。长藏曾于某夜出游晚归。主人家门面向大槌街道，长藏在门前巧遇自海滨来，身着雪衣之人，朝长藏走近后停住。长藏亦觉有异，只见其转身穿过大街，向对面稻田而去。长藏记得该处应有围墙，定睛一看，果真如此。忽觉惊恐，火速飞奔进屋，向主人禀明此事。日后方闻：同一时刻，新张村某人自海滨归来，却于途中坠马而死。

七十九

长藏之父亦名唤长藏，历代皆至田尻家上工，其妻亦如是。长藏年轻时，某次夜游，初更时分即归来。进门后，见洞前有人影伫立。此人双手伸入怀中，筒袖袖口下垂，脸部看不分明。其妻名唤阿常，长藏猜疑此人莫非阿常情夫？便快步走近。可对方并不往后逃，反走向右侧之玄关。此举轻蔑，惹恼长藏，故更向其逼近。却见此人依旧手拽怀中，倒退而行，自玄关三寸宽之门缝，迅速闪身入屋。然而长藏尚未察觉有异，便伸手往门缝内探索，未料里面拉门竟然紧闭。至此，长藏方心生恐惧，稍稍后退，举头一望，竟见男子紧贴玄关上之云壁*，正俯视自己。其头部低垂，几及于长藏脑门，眼球突出尺余，仿若即将跳出眼眶。此时当真惊恐万分，却非任何凶事之前兆（*：云壁为长押外侧之墙壁）。

八十

为充分了解前述传闻，须将田尻家以图面表示。远野乡之家屋建筑结构皆与此大同小异。

此户人家大门朝北，然而一般皆是朝东；依上图所示，位于马厩附近。大门称城前，宅邸四周皆为田地，不设围墙。主人之卧房与起居室之间有一小暗室，称为座头部屋。往昔每逢家中设宴，必邀座头到府演出。此房即为座头等候之间。

八十一

栃内小字野崎有人名唤前川万吉。两三年前已死，年三十有余。死前两三年之六月某夜，出游晚归，自门口沿回廊走到转角之际，随意往云壁看去，却见一面色惨白之男子，紧贴其上而眠。万吉因惊吓过度而罹病，然此事却非任何凶事之前兆。田尻氏之子丸吉为其好友，此乃丸吉听此人口述者。

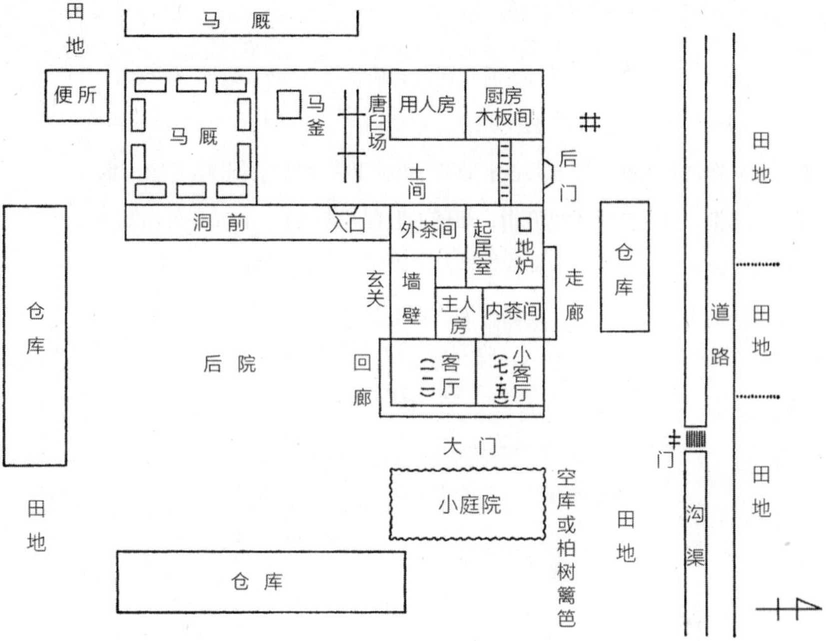
田地
马厩
便所
马厩
马釜
唐臼场
用人房
厨房木板间
后门
土间
洞前
入口
外茶间
起居室
地炉
走廊
仓库
玄关
墙壁
主人房
内茶间
仓库
后院
回廊
客厅（二）
小客厅（七·五）
大门
道路
田地
田地
门
小庭院
空库或柏树篱笆
田地
沟渠
田地
田地
仓库

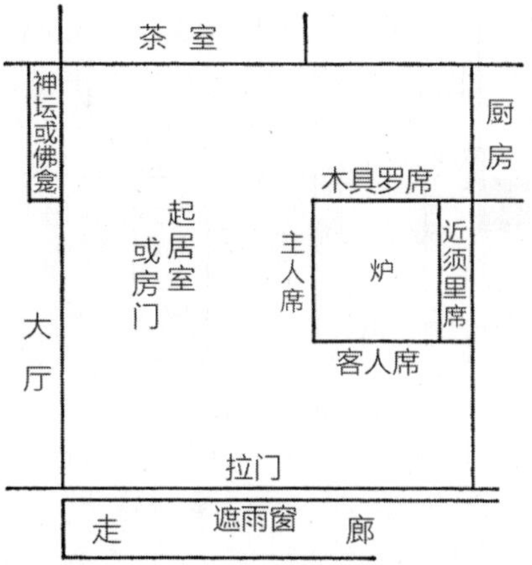
茶室
神坛或佛龛
厨房
木具罗席
起居室或房门
主人席
炉
近须里席
大厅
客人席
拉门
遮雨窗
走廊

八十二

此事为田尻丸吉之亲身遭遇。少时某夜自起居室起身如厕，进入茶间之际，见一人立于与大厅交界处。当时光线阴暗、人影朦胧，然衣物条纹与眼鼻五官、披头散发之状皆清晰可辨。丸吉虽心生恐惧，仍伸手探寻真伪，未料撞上门板，并触及门上木框。分明伸手不见五指，却见手上有人影映现。再将手伸向其人脸部，面容又映在手上。丸吉返回起居室与人说起，众人提灯前来一探究竟，却已杳无踪迹。丸吉思想先进，聪颖伶俐，且绝非妄言之人。

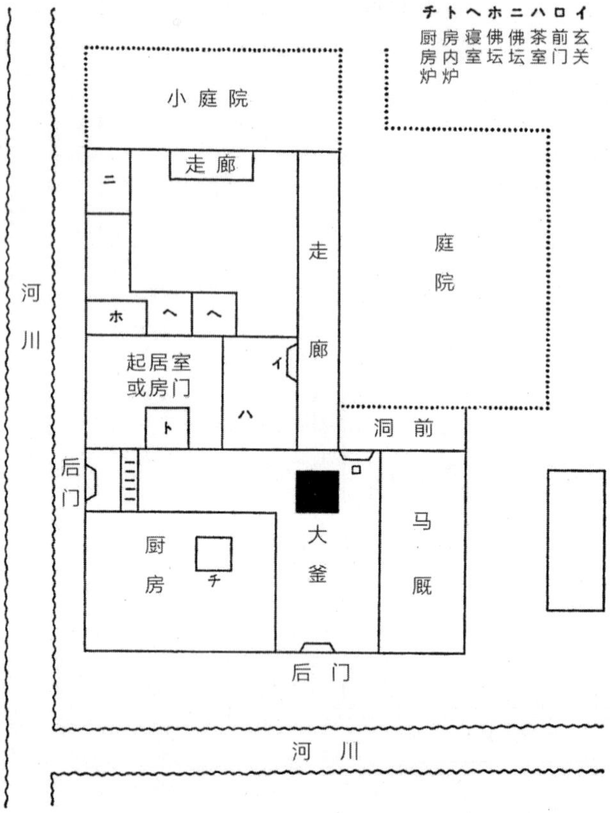

八十三

山口之大同有名为大洞万之丞之人家，房屋结构稍异于其他人家，如前页之图示。玄关朝向东南，屋龄极为古老。家中有一装盛古文书之竹篮，据说打开便会遭受神鬼惩罚，故未曾打开。

八十四

佐佐木之祖父年约七十，三四年前已亡故。此人年轻时代约为嘉永年间，彼时滨海之地定居之洋人甚多，釜石与山田皆有西洋馆。船越半岛尾端亦有洋人居住。当地民众秘密信仰基督教，远野乡亦有诸多教徒因而遭受磔刑。据前往海滨者所述，外国人经常拥抱、亲吻，至今仍有老人提及此事。海岸地方据说有相当多混血儿。

八十五

土渊村之柏崎，某父母皆为正统日本人之家，却生出两个白人之子。头发、皮肤乃至眼睛，都与西洋人别无二致。如今年二十六七，家中务农，口音亦与当地人迥异。声音细且尖。

八十六

土渊村中央乃小字本宿，为村公所与小学所在地。此地有人名唤阿政，开豆腐店为业，现年三十六七。其父病重弥留时，与本村隔着小乌濑川的小字下栃内村正大兴土木。某日傍晚正当固定地基，阿政之父独自前来，逐一问候众人，又说："打地基是吗？我也来帮忙。"语毕，便加入工作了一会儿，直至天色渐晚，方偕同众人返家。之后众人察觉有异，想道："他此时病重，怎能来此？"事后方听闻，当日乃阿政之父病逝之日。众人前去吊唁，提及此事，得知老翁出现时，正是即将咽气之际。

八十七

此乃远野町之豪门，唯姓名已不复记忆。其家主病重，生命垂危之际，突然造访菩提寺。住持郑重接待，并奉茶闲谈。不久即告辞离去。住持察觉有异，遣小沙弥跟随其后，一探究竟。只见此人出门后朝家里方向走去，转过街角便不见踪迹。当时于街市之中，亦曾有他人遇见此人，凡所见者，皆亲切问候，一如往常。尔后却听闻此人已于当日晚间往生，故当时全无外出可能。寺院为确认此人造访时是否饮茶，探看茶碗放置处，才知全部茶水皆泼洒于榻榻米之接缝。

八十八

以下亦为类似之故事。土渊村大字土渊之常坚寺隶属曹洞宗，为远野乡十二寺之触头。某日傍晚，村民某某自本宿来此，途中巧遇某老人。传闻老人大病已久，便问道："何时痊愈的？"老人答："这两三日舒坦多了，正要去寺里听法呢！"两人一同来到寺院门前，又交谈几句方道别。常坚寺住持见老人前来，特地出迎，并奉茶招待。闲话家常后便离去。住持亦遣小沙弥随后探看，未料老人一出门旋即消失。小沙弥吃惊，禀报住持。仔细一看，方见茶水全都泼在榻榻米缝里，老人已于当日过世。

八十九

自山口往赴柏崎，须绕过爱宕山麓。沿途之松林，始自田圃尽处，绵延至柏崎民家，便是一片杂树林。爱宕山顶有一小祠，参谒之路在此林间。登山口有一鸟居，二三十棵古杉林立，旁边另有一空荡荡之祠堂。堂前矗立一石塔，其上刻有山神*二字。传说此处往昔多有山神出没。和野某青年有事前往柏崎，傍晚路过此地，忽见一身高丈余者下山。好奇之余，便隔着树林，注视其脸部，一边向其走近。两人在转角处相遇，对方状甚意外。只见其脸色通红，眼光熠熠，面容写满惊异。青年方知山神是也，旋即转身，朝柏崎村狂奔而去（＊：远野乡山神塔甚多。人们往昔多于此处遭遇山神或受其作祟，故多建石塔，以求宽宥）。

九十

松崎村有山名为天狗森，山麓有桑田。某日，村中某青年下田劳作，因困意难当，便在田埂坐下，打起盹来。此时，却倏然出现一赤脸巨男，此青年不多思虑，且平日即爱好相扑，见陌生大汉挡路，又状似轻蔑地低头俯视，便心生不悦。不觉起身，质问："来者何人？"不料对方毫不搭理。青年向来自诩力大无穷，愈发上火，想给他点颜色瞧瞧，便使劲扑过去。怎知才碰上对方，自己就被甩飞，旋即失去意识。待傍晚醒转时，男子当然已经消失。返家后向家人说此遭遇。直至是年秋天，众多村人牵马至早池峰山腰割萩草。临去之际，独不见此男子踪影。众人忧心，便分头寻找，却见男子已死于深谷，且被拔去一手一足。此事距今已有二三十年，深知此来龙去脉之老人今犹健在。古来天狗森有许多天狗，乃众所周知之事。

九十一

远野町有男子颇熟悉山中之事，其原为南部男爵家之鹰匠，对早池峰、六角牛之一草一木，形状所在无不知晓，街众唤其诨名鸟御前。上年纪之后，某日偕一同伴入山采菇。此人以善泳著称，能持稻草、槌子入水，于水中编制草鞋后方出。远野街市与向山之间有猿石川相隔，二人自向山出发，登上较绫织村之奇岩“续石”稍高之山，便分道扬镳。鸟御前继续上山，时值秋日傍晚，远远望去，西斜之夕阳仅高出山棱四五间。此时，意外看见一对红脸男女立于巨岩之后交谈。见鸟御前走近，张手企图制止其往前行。然鸟御前不予理会，继续前进，女子遂紧贴男子胸前。此时鸟御前方察觉对方并非人类，但其生性戏谑，见此，便想捉弄对方。因此便自腰间抽出短刀，做出准备攻击之态。未料红脸大汉抢先抬腿踹向他，鸟御前旋即不省人事。同行男子四处寻找，才于谷底发现已失去意识的鸟御前，将他救起后带回。鸟御前道出事情原委，因未有过如此诡异遭遇，感叹或将为此丧命也未可知。更请对方切莫说与人知。之后病了三天，便告身亡。家人对其死因万分不解，前去请教山中修道人士，名为花严院。答曰："鸟御前于山神行乐之际，闯入打搅，因此受其作祟而死。"此人亦为伊能先生等人之旧识。距今已有十数年之事了。

九十二

此事发生于去年。土渊村十四五个孩子上早池峰嬉游，不料一晃眼即将天黑，遂急着下山。于临近山麓处见一高大男子上山，脚程甚快。其人肤色黑而眼光熠熠，肩背浅葱色之旧麻布小包袱。孩子们惊恐不已，却有其中一人问道："欲往何处去？"男子答道："去小国。"然此方向并不通往小国，便不由得愣住，停下脚步，正觉有异时，男子已速速走过，不见踪影。据说此时大家异口同声："是山男呀！"皆奔逃回家。

九十三

和野人菊池菊藏之妻自笛吹岭另一头之桥野嫁来此地。某次正当妻子返回娘家时，五六岁的儿子系藏突然患病。刚过午，菊藏即攀越笛吹岭，欲前往岳家带回妻子。此地位于知名之六脚牛山山峰连绵之处，一路上树林幽深，尤以远野下至栗桥一带之山路最为陡峭，地面深陷，两侧为断崖绝壁。就在阳光隐身于崖壁，四周微微昏暗之时，忽有人从后方叫唤菊藏。回头一看，乃一身形高大之人，自崖上向下俯视，脸色赤红，眼睛炯炯发光等一如前文故事。男子道："你的孩子已经死了。"菊藏闻言不及惊恐，只担心孩子。对方随即不见踪影。菊藏急忙赶路，半夜偕妻子返抵家中，儿子果真已死。此乃四五年前之事。

九十四

此菊藏某次因故赴柏崎的姐姐家，临别之际，随手将招待所剩之麻糬放入怀中。途经爱宕山麓之树林，巧遇象坪*的藤七。此人嗜酒如命，乃菊藏之知交，此处虽是林中，仍有部分草地。藤七笑嘻嘻地指着林中草地，说："来玩相扑如何？"菊藏允诺，二人便在草原上玩了一会儿。藤七又瘦又轻，菊池轻松自如地将他抱来抛去，甚是有趣，便接连比到了三回。藤七说："今日比不过你啦！该走了！"便各自离开。走了四五间远后，菊池察觉麻糬不翼而飞，折返相扑处，遍寻不着。方知合该是被狐狸骗了。菊池好面子，不愿与人说。四五日后在酒馆巧遇藤七，说起此事。藤七答道："怎可能与你相扑？那日我到海滨去了。"这才确定当日相扑之物真是狐狸。即便如此，菊池仍对他人保密。直至去年过年休假与人饮酒同乐时，有人言及狐狸，方道出自身遭遇，因而受众人取笑一顿！（*：象坪既是地名，亦为藤七之姓氏。《石神问答》中有相关研究）。

九十五

松崎之菊池某男今年四十三四岁，擅庭园造景，常入山采花掘草，移植至自家庭院。若见奇岩异石，亦常不嫌其重地扛回家去。某日，心情稍嫌沉郁，便上山散心，竟发现一前所未见之绝妙巨岩。菊池平日即乐此道，想带回家，却重得连扛都扛不动。此岩状似人之立姿，亦接近常人之身高。然而因爱之心切，仍忍重背起走了十间左右，累得近乎气绝。菊池觉得怪异，便欲先置其于路旁，斜躺其上暂歇。此时，却似乎感觉连人带石一同腾空而起，仿佛飞翔于云朵之上，随后来到一明亮、干净、百花争妍之地。某处并传来喧嚣人声。此时岩石依旧继续上升，直到高得不能再高时，菊池便失去意识了。待回过神来，一切皆与方才无异，身体亦仍倚于奇岩之上。不禁揣想："若带回家，不知将遭遇何等不测。"一思及此，便恐惧地逃回家去。据说此岩至今仍在原地。菊池说，每每路过看见，便又兴起爱藏之心。

九十六

远野町有男子，人称芳公马鹿，年三十五六。其人痴愚，前年为止仍在世。此男子有怪癖，好捡拾路边木屑、垃圾，搓揉后仔细端详，或凑近嗅闻。造访人家时，则以手摩擦柱子，再靠近鼻子嗅闻其味。无论何物，皆拿至眼睛近处细瞧、傻笑，亦时常嗅闻。某次于街上行走，倏然停驻，拾起石块朝一户人家丢去，大叫："失火了！失火了！"是日晚间抑或翌日，被砸中之人家无不惨遭祝融肆虐。同样之事反复再三之后，家家甚是留心防火，据说仍无一幸免。

九十七

饭丰的菊池松之丞患伤寒，多次来回鬼门关。曾说自己出了田圃，赶往他家菩提寺喜清院。不知怎的，脚下方使点劲，便腾空飞起。约于常人头部高度，才又前倾，慢慢下降。若再使力，便又一如前述腾空飞起，身心舒爽，难以言喻。临近寺庙大门之际，见众人不知为何，集结于此。正觉诧异，入门后，触目所及尽是盛开之鲜红芥花，心情愈发大好。早已仙逝之父立于花丛中，说道："你也来啦！"此人回答一二，便继续前行。接着又见夭亡之子，说："阿爸，您也来啦！"他答道："原来你在这里呀！"欲靠近时，儿子却阻止道：

“还不可以！”此时，大门附近人声骚动，菊池听见有人不断呼唤自己，甚为喧嚣，心情瞬间沉重不已，却也别无他法，只得不情不愿地折返。苏醒过来，只见亲族齐聚床前，一直往他脸上泼水，这才救回一命。

九十八

路边常立有石头，刻着山神、田神、道祖神之名。再则，远野乡亦有刻着早池峰山、六角牛山之名的石头，海滨一带更多。

九十九

土渊村副村长北川清家位于字火石。家族历代皆出山僧，祖父称正福院，既为学者，著作等身，是对村里有卓越贡献之人。北川清之弟福二入赘海岸一带之田滨。福二于几年前大海啸中痛失妻、子。灾后，与幸存二子返回屋子原本坐落之处，搭盖小屋凑合度日。约莫一年过去，某初夏之夜，他起床如厕。厕所稍远，行经之路则为海浪来去之岸边。薄雾中，只见一对男女走近，未料女子竟是亡妻，不禁追踪二人脚步，一路跟到通往船越村之海岬洞口。福二唤妻之名，其妻回眸一笑，再看男子，竟是同里之人，亦于海啸中丧生。福二曾听闻自己入赘前，此二人感情甚好。妻子又说已和此人成了夫妇。福二说道：“那你不爱孩子们了吗？”妻子听后脸色微变，潸然泪下。与死人如此交谈，福二甚觉荒谬，霎时，既悲伤又无奈，遂低下头来。不消片刻，男女又快步离开，绕过前赴小浦道路之山麓后方，不见踪影。福二欲追上去，忽然思及与妻已阴阳永隔。如此，遂立于路边，沉思直至天明，天亮方返家。尔后，据说病了好长一段日子。

一百

某日，船越的某某渔夫偕同伴自吉利吉里回家。夜半途经四十八坂，于小河边见一女子。一看，竟是妻子。又想："于此半夜，妻绝无可能独自来此，定是妖怪作祟。"便取出杀鱼刀，自后方刺进女子身体。她哀号一声便死去。然半晌过后，仍未现出原形，他不由得担心起来，便将余事托付同伴，连忙飞奔返家。所幸妻子毫发无伤，正在家里等候，却说自己做了噩梦："你迟迟没回来，就出去找你，却在山路上被一不相识的人威胁，心想这下没命了，但梦到这里就醒了。"原来如此，男子思忖。再回原地，同伴说在山中被杀的女子后来果真现形，成了一只狐狸。看来人在梦中到山野里去，有时也会借用此兽之躯体。

一百零一

有旅人途经丰间根村时已夜深人倦，却幸运地见到熟人家里灯火亮着，便想入内休息。主人说："你来得正巧，今晚有人死了，正愁没人看家，就先劳烦你了。"语毕，主人便出门叫人。旅人甚感困扰，却也别无他法，只得在地炉旁吸烟等待。亡者为一老妪，被安置于内部房间，一看，竟缓缓坐起身来。旅人见此光景，简直吓破了胆，仍勉强沉住气，静观四周，发现水槽出水口有疑似狐狸之物，探头进来，频频打量死者。他蹑手蹑脚地出了大门，绕至屋后，发现果真是只狐狸，头探入出水口，以后脚踮立。便顺手抓起一根棒子，将它给打死了。

一百零二

正月十五日晚，人称小正月，有以下这样的习俗。天才黑，孩子们便自称福神，带着袋子，三五成群，挨家挨户唱着："天一亮，福神到！"跟人讨年糕吃。但在这晚，只要一过午夜，人们绝对足不出户，相传此刻为山神出游之时。山口的小字丸古立，有一三十五六岁之女子，名为阿正。在其十二三岁时，不知何故，某次独自一人出门扮福神，到处走动之后，时间晚了，返家时夜路阴森，途中与一高大男子擦身而过。此人脸色赤红，眼神炯然。阿正惊吓之余，丢了袋子便飞奔回家，据说后来还大病一场。

一百零三

据传雪女总会在小正月之夜出游。即便非小正月，每逢冬日满月之夜亦如是，且来时总偕着大批童子。村里的孩子们冬日到附近山丘滑雪橇，有时玩过头，忘了时间，因而晚归。大人常耳提面命："十五之夜，雪女会来，可要早点回家呀！"然真正见过雪女的人却少之又少。

一百零四

小正月晚间祭庆甚多。所谓赏月，亦指剥开六颗核桃仁，分作十二瓣，一齐摆在炉火上烤，再一并拿起排成一列，自右向左，正月、二月地数算下去。满月之夜若夜空晴朗，核桃始终便都是红的。阴天月夜，则旋即变得焦黑。若刮风之夜，则火苗旺盛，呼呼作响。重复多次，屡试不爽。更妙的是，村里家家户户所得结果都一样。翌日相互讨论赏月如何如何，比如：八月十五之夜刮大风，那年稻穗便得加紧收割。

一百零五

另外，名为"世中见"之习俗亦于小正月晚间举行。先用不同品种之稻米制成年糕，压成镜饼，再将与镜饼同类之稻米平铺于膳台，把镜饼各置其上。之后，盖上锅子静置一晚。翌晨来看，年糕上沾满米粒者，那年便会丰收。借以选定该年栽植之早、中、晚稻。

一百零六

海岸的山田年年出现海市蜃楼，多有异国风情，为当地难得一见之都会景观。路上车马喧嚣，行人熙来攘往。据说，每年所见景象如房子之类，皆无丝毫不同。

一百零七

上乡村有户人家叫河渊，就在早濑川岸边。某日，家中年轻的女儿到河边捡石头，见一陌生男子，给了她树叶之类的东西。对方身材甚高，面色朱红。是日，她便习得占卜之术。据说此异人乃山神，女孩则成了山神之子。

一百零八

因被山神附身，而习得占卜之事颇为常见。附马牛村有一原以伐木为业者即是。另有柏崎之孙太郎，往昔曾因发疯失去心智。某日，孙太郎入山向山神学法，之后亦习得了读心术，令人惊异不已。其占卜法与世间迥异，无须参阅任何书籍，只消与来此问事者随意聊聊，于起居室内来回走动，甚至无须看对方一眼，便能猜中其心思，且无一次失准。像是："掀开你家地板向下挖，里面肯定藏有古镜、断刀。若不取出，近日内必有人丧命，或遭祝融之灾。"回去一看，果如其言。诸如此类，不胜枚举。

一百零九

盂兰盆节有风雨祭。以稻草制作高于人身之人偶，送至村境岔路口，使之矗立。先于纸上画五官，再添以瓜类做阴阳之形。虫祭之稻草人偶则无此例，尺寸亦较小。风雨祭时选定部落之头屋，乡里人群聚于此。酒足饭饱后，一同敲锣打鼓，吹笛奏乐，护送人偶前去路口。笛中亦有桐木制之法螺贝，众人边高声吹奏，边唱“二百十日雨风祭，祭何方？祭北方*”之歌谣（*：据《东国舆地胜览》一书所载：朝鲜皆将厉坛设于城池北方。或因同样来自玄武神信仰？）

一百一十

权化神乃跳神乐舞时，各组必备之木雕神像。近似狮子头，仅略有差异。为多福多益之神明。相传新张八幡神社与土渊村小字五日市神乐组之权化神曾于途中交锋。后新张权化神败北，失去一耳，直至今日。权化神每年必至各村巡回，是以无人不知、无人不晓，于防火救火一事最为灵验。以下为八幡神乐组之遭遇。某次至附马牛村时，天色已晚，临时无处留宿，由某一户贫穷人家盛情款待。倒置五升大之量米盒，供奉权化神于其上。夜深，众人本已入睡，却因“喀啦喀啦”啃咬硬物之声倏然惊醒。一看，方知由屋檐之柱子喷出火舌。再看座上之权化神，正飞上飞下将火舌吞噬，如此，火才得以熄灭。小孩头疼时，亦会恭请权化神来吞噬病痛。

一百一十一

山口、饭丰、附马牛村之小字荒川、东禅寺、火渡、青笹村小字中沢、土渊村小字土渊等地皆有坛之塙*之地名。与此对应，近处必有称莲台野者。往昔，有将所有年逾六十之老人驱赶至莲台野之习俗。然老人并非一到此地即死，只得于白日下田耕作，以求糊口。是而，至今于山口、土渊一带，仍将日出下田耕作称为出坟，日落自田地返回称作入坟（*：坛之塙即山丘上筑坟之处，应为祭祀边境神而设。此外，莲台野亦为此类，《石神问答》中亦有相关记载）。

一百一十二

据称往昔仍有防战堡垒时，坛之塙为斩首囚犯之处。以地形而言，山口的坛之塙与土渊、饭丰几乎相同，皆位于村庄边境山冈上。仙台亦有此地名。山口的坛之塙就在通往大洞的山丘上，接连着堡垒遗迹*。而莲台野则在此与山口民居遥遥相对。莲台野四周皆是水泽湿地。东侧为低地，与坛之塙相邻。南方称星谷。此处名为虾夷宅邸之四角凹地甚多，遗迹鲜明。大量石器出土。石器与土器之出土处，山口就有两处。另一小字称法领，土器样式与莲台野迥异。后者朴实无华，法领处之图案纹饰则甚为精巧。埴轮亦出于此。尚有石斧、石刀之类。莲野台有大量虾夷钱，泥制、直径两寸，为单纯之旋涡纹样。小字法领亦有圆玉与管玉，此处石器相当考究，质地亦颇为一致。然莲台野之石器原料则各自殊异，至于法领，并非任何遗迹，乃为一町步左右之狭地。星谷底部如今已是一片水田。过去有虾夷宅邸排列于其两侧，附近约有两处若擅自挖掘，恐遭鬼神作祟之地（*：据说其他村落亦有与此二者之地形、关系近似者）。

一百一十三

和野有定冢森，相传为掩埋大象之处。且唯独此地无地震，故自古以来，相传若附近发生地震，便会逃来此地。此处确为人坟，坟冢四周有沟渠。坟上有石。擅自挖掘必遭灾厄。

一百一十四

山口的坛之塙现今乃共同墓地。山顶四周植有空木，开口面东，类似出入口。中央有青色巨石。过往曾有人于此处开挖，然一无所获。后来又有尝试者，发现巨大之瓶。唯因村中老人训斥，便还归原处。据说为古时贵人之坟冢。近处宅邸名为梵字泽馆。曾开挖数座山头，引水而成三四重沟渠。亦有寺屋敷、砥石森等地名，并留有名为井迹之石墙。据说山口孙左卫门之先祖曾定居此地。上述事迹，《远野古事记》有详尽记载。

一百一十五

远野地方称御伽话为“从前从前”。以山姥的故事最多。以下略记一二。

一百一十六

从前从前，一对老夫妇有名独生女。某日两老留下女儿上街，行前千叮万嘱：“谁来都切莫开门。”便上锁出门。女儿独自在家，偎于火炉边，惊得一动也不敢动。白日间，忽有人敲门，大声威吓：“开门哪！不开就踹破门哟！”女孩无计可施，只得开门。竟是山姥！一进门，就双脚张立，于火炉边主人席位烤火取暖。命令女孩：“做饭给我吃。”女孩乖乖从命，做了饭，趁山姥吃时逃走。山姥吃完饭，即追着女孩出来。她动作迅捷，近到就要摸上女孩的背了。此时，女孩在山荫处见一砍柴老翁。急忙说道：“我正被山姥追着呢！请让我躲躲吧！”便躲进刚砍下的柴堆里。山姥寻来，问道：“躲哪去啦？”把柴拨开时，抱起一捆柴，却不慎滑下山谷。女孩便又趁隙逃跑，这会儿看见割茅草的老翁。说：“我正被山姥追着呢！让我躲躲吧！”便躲进茅草堆里。山姥又找来，问人在何处。正拨开茅草，抱起草堆，又滑下山去。这回，女孩逃到一个大湖沼边，此时已无路前行，只好爬上岸边大树顶。山姥沿途嘶吼：“再逃也逃不掉的！”见女孩身影映在水面，便立刻跳进水里。女孩再次脱逃，跑呀跑，来到一间小竹屋，里面有名年轻女子。女孩叙述以上情形，女子便让她躲进石柜里。山姥迅速来到，逼问女孩藏身之处，但女孩既已藏妥，女子便回答不知。山姥不信：“没来？怎么可能！明明有人肉的味道。”女子辩称：“啊！

我刚烤了麻雀来吃。”山姥这下才相信，说：“我歇会儿吧！睡石柜好还是木柜好呢……石柜冷冰冰的，嗯，就睡木柜吧！”说完就爬进木柜里去了。待她一进去，女子旋即锁上柜子，再把女孩从石柜带出来，说：“我也是被山姥抢来的，咱们把她杀了，回家去吧！”便烧红了锥子，刺穿木柜。山姥不明所以，以为老鼠作怪。她俩接着煮沸了水，注入锥孔，终于杀掉山姥，二人便都平安回到了父母身边。“从前从前”的故事，皆用“到此为止”为终结。

一百一十七

从前从前，某地亦有爹娘要上街，为将出阁的女儿准备嫁妆。先上了锁，还叮咛谁来都不可开门。女儿乖巧允诺，两老便安心出门。白天，山姥来了，把女儿吃掉，披上她的皮，假扮成女儿。傍晚父母回来时，先在门口叫唤：“我家的瓜子姬在吗？”女儿答道：“在呀！爸妈可回来得真早。”两老把买来的各式物品给女儿瞧，见她脸上尽是欢喜。隔天天亮时，家里的鸡惊慌拍翅，听来像是“快看仓库的角落呀”般咕咕叫个不停。鸡鸣声似与平日不同，两老有些疑惑，但马上便到了送新娘出门的时间，就把山姥乔装的女儿放上马背。正要出发时，鸡又啼叫不休，听来像是：“载的可不是女儿，是山姥啊！”至此，父母终于察觉有异，便把山姥从马上拖下来杀了。之后到仓库角落一看，净是女儿的白骨。

一百一十八

红碟破碟之故事亦流传于远野地方，唯此处不称破碟，称空穗。空穗乃不结实之谷类外壳。意指主人公虽遭继母虐待，但因获神明眷顾，终成富翁之妻。此类原型故事变化丰富，各有千秋。日后有机会再详述。

一百一十九

自古，远野乡便有用于狮子舞之歌词。依村庄不同，内容略有殊异。本人听闻、记录者如下。已为百余年前之手抄本了。

大桥颂

—我来参见这座桥，富豪长者先来到。你也来，我也踏，桥过苦难跑。

—我来见识大马场，七里杉林到大门。

大门颂

—我来看看这大门，桧木花柏造门楹，白金大门多恢宏。

—推开门扉瞧一瞧，这家新人福气好。

○

—我来参拜这本堂，何处工匠好技量？

—古来飞驒好工匠，盖此本堂功勋高。

小岛调

—小岛之上，桧木花柏来造门，正是富贵白金门。

—白金门扉推开瞧，福贵喜气迎面来。

—桧皮屋顶层层叠，上等舶来唐松植。

—唐松左右泉水涌，汲之不尽，饮之不竭。

—晨曦日照来，光辉大寺庙。上百稚儿，面颊粉嫩如春樱。

—烈酒天上来，畅饮再离开

马厩颂

—我来看看大庖厨，雌釜雄釜十六釜。

—十六大釜炊饭时，四十八马割草去。

—清早牵马割草去，摘采桔梗和小萱。花草来争妍，马厩好装点。

—马厩里百花齐放，鹿毛驹俊逸遒壮。高高跃起，家运隆昌。

○

—此庭素有能歌者，我来唱和亦赧然。

—昨日方习之，今天便献丑，贻笑大方处，望君多包涵。

—我来献颂辞，绵绵长无尽，一礼敬拜之，挥别众人去。

庭院颂

—我来看看这庭院，四角方方如米斗。

—我来瞧瞧这客栈，人情满溢好声名。

街市颂

—我来看看这街市，长十五里横七里。入口出口要分清，好友切莫迷路去。

检断爷颂

—我上街市来，参见检断爷。气势多豪壮，旗帜高高挂。

—狮子舞，谁最好？立町油町真正好。

—尊贵检断爷，二楼午间歇。头枕钱枕、把玩金币。
—我来参看平安符，神师亲手来上色，难能可贵平安符。
—高处称城郭，低处称市街。

大桥颂

—我来参见这座桥，黄金路口白金桥。

寺庙颂

—我来参拜这本堂，建筑正正又方方，全凭榫接一支撑，难得工匠好技量。
—手持团扇和念珠，正殿之上来祈福。

豪宅颂

—香柱金椽上，天水桶来放。防火最万全，阖家都安康。

浪合歌

—此庭素有能歌者，我来唱和亦赧然。
—云高丽好锦缎，落英缤纷镶上边。大和花席最高贵，快把祭场来点缀。
—莳绘台上玉盏杯，齐整摆置祭场上。
—十七少女，纤手斟酒。窈窕倩影，祭场生辉。
—好酒敬君莫推辞，愿您长命又富贵。
—鲈鱼鲷鱼，佳肴齐献上。朝鲜蜡梅，更慑人心扉。
—我来献颂辞，祝福无尽藏。一礼完毕，告歉而去。

五谷丰饶歌

—让我加入好不好，祭场无人多寂寥。

—鹿子出生满山跑，我们也围祭场绕。

—祭场立香柱，五谷祈丰饶。鹿儿磨角时，正值回春日。

—松岛青松庭前养，长春细藤来缠绕。

—常春藤缠松岛松，缘起缘灭自有时。

—京都九贯唐屏风，三重四重回旋绕。

雄鹿求偶歌

—让我加入好不好，祭场无人多寂寥。

—鹿子出生满山跑，我们也围祭场绕。

—我欲寻觅雌鹿去，无奈白山满云霞。

—风来白山云霞散，寻觅雌鹿要趁早。

—雌鹿雌鹿别躲藏，翻遍芒草把你找。

—雌鹿芒草丛中藏，我心一意将你访。

—雌鹿快看雄鹿舞，郎有情来妹无意。

—山林深处雄鹿来，今年初次把舞跳。

—情敌先将雌鹿夺，失魂落魄妒火烧。

—松岛青松庭前养，长春细藤来缠绕。

—常春藤缠松岛松，缘起缘灭自有时。

—浪花摇曳海中央，展翅轻起滨千鸟。

贺仪歌

—贺仪谁人赏？心意定珍藏。

—奉膳台，甚精美，谁家木匠好工艺。敬神明，显诚意，贺仪请您别客气。

—您来猜猜这款酒。哪里来？白山来。奈良时代到秀吉，古今闻名加贺菊。

—得此贺仪真温馨，请您猜猜哪里来。参谒伊势的神佛金？巡礼熊野的香油钱？

—得此和纸太宝贵，请您猜猜哪里来。播磨檀纸？鹿岛纸？轻轻摺起多爱惜。

—珍稀折扇何处来，闻名遐迩三内宫。扇骨装帧有关键，沿线收叠好珍藏。

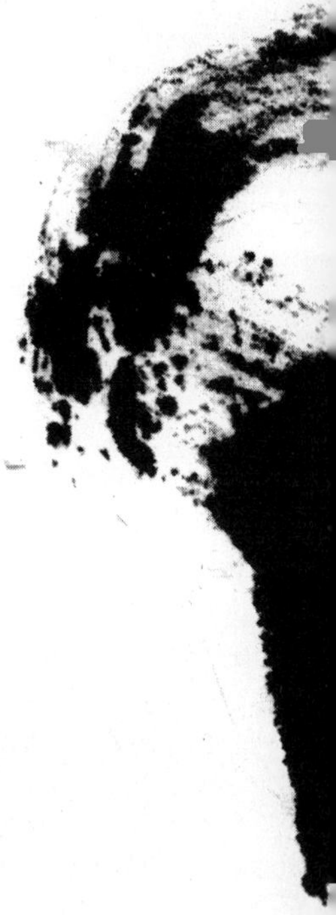

《远野物语 remix》解说

《远野物语》正迎向解放之时

赤坂宪雄

面对京极夏彦的《远野物语 remix》，我忽然心想：《远野物语》也许正迎向解放。但究竟又是从什么解放呢？如此喃喃的瞬间，我发现视野霎时被一片乳白色的幽暗所覆盖，周章狼狈。这对手很难缠。《远野物语 remix》不是可以用寻常方法对付的。

回想起来，《远野物语》这本小书，命运极为数奇。一直以来，它被好几重难以看见的咒缚五花大绑。比方说，光是探究它的作者是谁，就仿佛有什么从根本开始动摇。一般来说，众人都相信它的作者就是柳田国男，但这个前提有多么不证自明呢？我有些存疑。对于《远野物语》，我极为多疑。

口述者远野人佐佐木喜善，是否也占有作者资格的一席之地？喜善并非单纯的当地民俗口述者。况且《远野物语》并非随意搜罗远野当地民间故事与传说的书籍。它是极混沌的、“现在的事实”与“当下发生的事”的故事聚合，同时又过于深刻地烙印着喜善这个人格的痕迹。换言之，没有喜善这名口述者，《远野物语》不可能成立。

总之，明治四十三年（一九一〇）六月，《远野物语》的初版以自费出版的形式发行了三百五十本。因此《远野物语》从诞生之后算起，已有一百年多一点的历史。《远野物语》有时会被奉为“民俗学发祥的纪念碑”，然而现实中，可以说它一直被日本的民俗学敬而远之，毋宁是一本被烙上遗忘印记的书籍。不，我说得更细致一点好了。柳田以后的民俗学，一直回避着民俗学若是脱离文学，能以什么样的形式存在这个严肃的命题，隐蔽或抑压着这个问题，而寻求自身存在的证明。《远野物语》显然三番两次以杰出文学作品的身份被重新挖掘，每一次都获得众多的读者，不知不觉间晋升为“现代的古典名著”。明治末年出版时，怀着最热烈的共鸣阅读它的，并非岛崎藤村（*译注：岛崎藤村〔一八七二—一九四三〕，明治及昭和时期的小说家、诗人*）及田山花袋（*译注：田山花袋〔一八七一—一九三〇〕，明治及大正时代的小说家。与岛崎藤村同为活跃的自然主义文学家*）这些自然主义（*译注：避免理想化，直视并描写现实的文学思潮。日本文学的自然主义发展于明治后期，着重于告白自我内在心理或动物性的一面，真实描写平凡人生*）流派的作家，而是泉镜花（*译注：泉镜花〔一八七三—一九三九〕，明治及大正时代的小说家。文风神秘浪漫*），这一点也耐人寻味。镜花在题为《远野奇闻》的散文中，提到“读到一本有趣的书”，并说“此书以鲜活笔致，记录陆中上闭伊郡有一远野乡，由当地人所述此一深山幽僻之地的传说异闻怪谈。我要刻意强调鲜活二字，否则妖魔鬼怪岂得如斯活跃”？镜花完全将《远野物语》视为一部杰出的文学作品，予以肯定。并说透过《远野物语》，不仅可以得知“事之奇”“物之妖”，更能感受到当地的风光、风俗、草木之特色。也就是说，由于《远野物语》是一部杰出的文学作品，因而侵犯了民俗学的领域。还有，三岛由纪夫（*译注：三岛由纪夫〔一九二五—一九七〇〕，昭和时期的小说家及剧作家。有许多出于古典主义美意识的作品*）也曾关注横亘于民俗学与文学间这复杂而诡奇的关联。

话说回来，诞生之后历经百年岁月，也许现在《远野物语》正迎向了动荡的季节。京极的《远野物语 remix》等书，一定会成为象征此一转换期的著作，为世人所记忆。它的出版是在《远野物语》诞生之后百余年，也是柳田逝世五十年之后（也因此著作权消失了），这虽是当然，但绝非偶然。这本书明确地揭示作者为“京极夏彦 × 柳田国男”。这样的宣示，与著作权的束缚消失绝不可能无关。

再一次，《远野物语》悄悄地迎向解放。从什么解放？暂时可以说，是名副其实地成功晋身“古典”殿堂，摆脱了腥臭的“世俗”束缚，得到自由。

京极的《远野物语 remix》是一部缜密却轻盈的精心之作。Remix（重混），这是个陌生的字眼。根据维基百科（Wikipedia）的解说，这是一个音乐名词，二十世纪七十年代出现在牙买加，后来于纽约兴起的迪斯科风潮中普及开来。它并非文学领域的术语。总之，重混是将录音于许多音轨的既存的乐曲重新组合，或是进行各种加工，创造出该首曲子的新版本的手法之一。由此衍生出来的手法，有加上新的音符，或追加、改变编曲的演奏，或去除原版的一些部分以积极制作新版本，等等。

从重混这样的原意来看，一定能恍然发现《远野物语 remix》所采用的策略，正是为了让《远野物语》在现代复苏的周全重混手法。它绝非单纯的《远野物语》白话译本或现代文译本，而是插入新的语言，调换讲述的顺序，部分剔除原版内容，重新组成的崭新版本。不容否认，《远野物语 remix》具有运用这些重混手法，来创造出二〇一三年版《远野物语》的企图。这毫无疑问，是对《远野物语》提出的大无畏批评与挑战。原作者逝后五十年这个事实投下了意想不到的阴影。对京极这样的尝试，应该不会再有人为此哗然，斥其为不敬、毁谤。《远野物语》已经挣脱了咒缚。

京极夏彦这个作家对此应该是有所确信的。毋宁应该说，《远野物语》本身其实就是重混的产物。柳田显然是将佐佐木喜善那些漂流的故事（喜善自己把它们当成鬼故事）重混，创作出《远野物语》这样一部未曾有人目击的故事集。柳田所选择的文体极为奇妙。至少读到《远野物语》的远野人，绝不可能把它视为当地的故事。当然，它也远远地脱离了喜善口述的水平。那种不可思议的拟古文式的独创文言文体，是一种精巧的重混产物。

回过头来看看镜花怎么说。他说这本书，“以鲜活笔致，记录陆中上闭伊郡有一远野乡，由当地人所述此一深山幽僻之地的传说异闻怪谈”。《远野物语 remix》这部作品，可以说是柳田以他的笔（文体）将喜善的口述重混之后的作品《远野物语》，再由京极夏彦这名作家以他的笔（文体）加以重混，创造出来的另一部《远野物语》。

总而言之，《远野物语》自诞生之后过了百年，正要脱离过往的文学／民俗学复杂扭拧、纠葛难分的解释与阅读的脉络，变得无限自由。京极与他的《远野物语 remix》，喜悦而自豪地伫立在此一转换期的开端。玉石混淆的解读时代揭幕了。正因为如此，《远野物语 remix》必须作为一部纪念碑，记忆在人们的脑海中。

下一部重混版《远野物语》会出现在何处？那不一定会是语言的织物。也许会是影像、舞蹈，甚或其他？……

（本文作者为日本民俗学家）

《远野物语 remix》参考文献／相关文献

※ 除此书单之外，作者受到许多相关出版物、研究书籍之启发。并且，出版后亦受到远野物语研究所的高柳俊郎等远野物语相关之各界人士惠赐宝贵的指教。有部分内容根据他们的指教加以修订，特此声明，并在此致上感谢之意。

注釈 遠野物語……後藤総一郎監修 遠野常民大学編著……筑摩書房……一九九八年刊
柳田國男事典……野村純一他編 勉誠出版……二〇〇三年刊
遠野物語辞典……石井正己監修／青木俊明他編……岩田書院……二〇一二年刊
全訳 遠野物語……石井正己監修／石井徹訳注……無明舎出版……一九七七年刊
柳田國男と『遠野物語』……遠野市立博物館……一九九二年刊
遠野／物語考 赤坂憲雄 JICC出版局……一九九四年刊
増補遠野／物語考……赤坂憲雄……荒蝦夷……二〇一〇年刊
『遠野物語』を読み解く……石井正己……平凡社新書……二〇〇九年刊
『遠野物語』へのご招待……石井正己……三弥井書店……二〇一〇年刊
遠野物語の原風景……内藤正敏……荒蝦夷……二〇一〇年刊
諺・譬えることば第2集……遠野地方のむらことば 留場榮・留場幸子（自費出版）一九八九年刊
『遠野物語』ゼミナール講義記録……遠野物語研究所……一九九九～二〇〇八年刊

远野物语 remix　参考文献及关联文献

遠野物語……柳田國男……聚精堂……一九一〇年刊

遠野物語増補版……柳田國男……郷土研究社……一九三五年刊

遠野物語増補版……柳田國男……郷土研究社……一九八一年刊

定本柳田國男集 第四巻……柳田國男……筑摩書房……一九七二年刊

遠野物語……柳田國男……大和書房……一九七三年刊

遠野物語……柳田国男……新潮文庫……一九七六年刊

遠野物語・山の人生……柳田国男……岩波文庫家……一九七六年刊

柳田国男全集2 遠野物語ほか……柳田国男……筑摩書房……二〇〇四年刊

新版遠野物語付・遠野物語拾遺……柳田国男……角川ソフィア文庫……一九九二年刊

遠野物語小事典……野村純一他編……ぎょうせい……一九九二年刊

口语訳 语遠野物語……後藤総一郎監修／佐藤誠輔訳……河出書房新社……一九九七年刊

图书在版编目（CIP）数据

远野物语 remix /（日）京极夏彦，（日）柳田国男著；
王华懋译 . — 成都：四川文艺出版社，2017.4
ISBN 978-7-5411-4567-4

Ⅰ . ①远… Ⅱ . ①京… ②柳… ③王… Ⅲ . ①短篇小
说—小说集—日本—现代 Ⅳ . ① I313.45

中国版本图书馆 CIP 数据核字 (2017) 第 026360 号

TOONO MONOGATARI REMIX
by KYOGOKU Natsuhiko/YANAGITA Kunio

Originally published in Japan by KADOKAWA CORPORATION, Tokyo.
Chinese (in simplified character only) translation rights arranged with
RACCOON AGENCY INC., Japan
through THE SAKAI AGENCY and BARDON-CHINESE MEDIA AGENCY.

版权合同登记号 图字：21—2017—73

YUANYE WUYU
远野物语 remix
（日）京极夏彦，（日）柳田国男 著

策划出品 磨铁图书
责任编辑 奉学勤
装帧设计 熊琼

出版发行 四川文艺出版社
社　　址 成都市槐树街 2 号
网　　址 www.scwys.com
电　　话 028-86259287（发行部） 028-86259303
传　　真 028-86259306

读者服务 028-86259303
邮购地址 成都市槐树街 2 号四川文艺出版社邮购部 610031
印　　刷 河北鹏润印刷有限公司
成品尺寸 146mm × 210mm 1/32
印　　张 8.5 字　　数 148 千
版　　次 2017 年 4 月第一版 印　　次 2017 年 4 月第一次印刷
书　　号 ISBN 978-7-5411-4567-4
定　　价 39.80 元

《远野物语 remix》
地图制作　フロマージュ
图版制作　小林美和子